夢見る聖女は
王子様の
添い寝係
oujisama soinegakari
に選ばれました
著 石丸める
イラスト しょうじ

「……好きです。王子様」
ルナ・マーリン
グレンナイト王立学園に通う16歳の
伯爵令嬢。『夢使い』と呼ばれる
能力を持っており夢を操作したり、
身体に触れている相手と夢を共有できる。
夢の中で“だけ”無敵のおちこぼれ聖女。

「やっと言ったな。俺も好きだ。ルナ」
アンドリュー・オブ・グレンナイト（アンディ）
グレンナイト王国・第二王子。口が悪くて不良と思われているが実は誠実で聡明。生まれた時から悪夢にうなされ万年寝不足。ルナの能力を知り、添い寝係として王宮に招致する。

CONTENTS

Yumemiru seijo ha
oujisama no soinegakari ni
erabaremashita

夢見る聖女は王子様の添い寝係に選ばれました

oujisama soinegakari

著 石丸める　イラスト しょうじ

プロローグ

親愛なるリフルお姉様にお伝え申し上げます。

私。ルナ・マーリンは今、お気に入りのネグリジェを着て、お気に入りの枕を抱きしめて。緊張のあまり、震える膝を必死に立たせております。

だって目の前には、気怠《けだる》く冷ややかな眼差《まなざ》しで私を見下ろす、アンディ王子殿下がいらっしゃるのですから。

いつもお似合いの学園の制服ではなく、我らがグレンナイト王国の第二王子として装《よそお》う高貴なお姿でもなく、さらりとしたシャツ。いわゆるパジャマ姿で……ございます。

パジャマとはいえ、流石《さすが》の殿下。傾《かし》げた首を麗《うるわ》しい金色の髪がさらりと撫《な》でて、半分隠れたバイオレットの瞳が妖《あや》しく煌《きらめ》き……パジャマだからこその色気さえ感じます。

しかし色っぽくも鋭《するど》い眼光は、まるで不審者を見るように私を冷たく射貫いており……。

「何なんだ？　それは」

「は、あ、ま、枕でございます！」

「チビのくせに、バカでかすぎだろ」

ふ、不良！　という言葉が、頭をよぎりました。

アンディ王子殿下はその麗しい見目と裏腹《うらはら》に乱暴なお人柄で、王子様らしからぬやさぐれぶりだと、学園で評判なのです。だからこそ、そのギャップが女生徒たちに爆発的に人気なのだとか。

「こ、これは頭をふわふわと包んで、その、よく眠れますゆえ～」

「……」

アンディ王子殿下は質問しておきながら私の返答を無視すると、バカでか枕どころではない、キングサイズのベッドを振り返り、顎《あご》で指しました。

「ん」

「ん？」

「添《そ》い寝《ね》。してくれるんだろ？」

私は自らここへやって来ておきながら、顔面が爆発しそうに真っ赤になりました。

苦手な男性。しかも王子様。モテ男の、美男子。よりによって、不良。

何故、王子様と添い寝だなんて、大それたことになってしまったのでしょうか？

今になって、このような行為を反対されたお姉様に従《したが》うべきだったと、後悔しております。

でも、こうなるきっかけとなったあの出来事は、本当に、本当に、事故だったのですよ。

第一章 突拍子もない事故

二日前のこと。

私はいつものようにふわふわと、明るい外廊下を歩いていました。良いお天気の中、胸に児童書を抱《かか》えて。

ここは貴族の令息と令嬢が通う、由緒正しきグレンナイト王立学園でございます。品格と教養ある生徒たちが輝く青春を謳歌《おうか》する中。私、ルナ・マーリンも伯爵家の令嬢として、日陰者ながら在籍しています。

学園がお昼時間になると、食堂やお庭のベンチはランチを取る生徒たちが集まり、校舎の廊下も活気で溢《あふ》れています。私は背が小さいので、混雑する人の壁で視界を遮《さえぎ》られておりますが、校庭からキャアキャアと楽しげな声が聞こえてきて、女子たちが誰かを囲んでいるのがわかります。

背伸びをして見てみれば、やはり。中心におられるのは、私の自慢のリフルお姉様！

背の高いお姉様は私と同じふわふわの金色の髪で……でも、私よりももっと色濃く黄金の輝きを放ち、深く青いサファイアの瞳は聡明《そうめい》さを表して、同性から見ても妹から見ても、それは見惚《みと》れるほどに淑《しと》やかな美女なのです。

「ご覧になって。リフル様よ！　素敵！」

「学園を卒業されたら、大聖女として教会に迎えられるのだとか」

「才色兼備《さいしょくけんび》とはこのことね。学園の誇《ほこ》りですわ」

リフルお姉様をお見かけしたクラスメイトの女子たちは、噂話《うわさばなし》をしています。

そう。私のお姉様であるリフル・マーリン伯爵令嬢は、人のけがや病気を癒《いや》す不思議な力を持っているのです。グレンナイト王国にて、このような力はごく稀《まれ》に神様からのご加護として授《さず》かるらしいのですが、お姉様のお力はとてもお強くて、王国と教会が注目する稀代《きだい》の大聖女なのです！

廊下を歩きながらお喋りに夢中のクラスメイトは、すれ違う私に気づかず、思いきりぶつかりました。

「ふがっ」

「きゃあ⁉　ごめんなさい、ルナさん！」

「いえいえ、大丈夫ですよ」

リフルお姉様の噂が嬉しくて、満面の笑みでぶつけた鼻を摩《さす》る私を見下ろして、クラスメイトは苦笑いしています。

お姉様と比べると私はあまりに小さく、やせっぽっちで、まるで子供のように見えるので、このような怪訝《けげん》なお顔をよくされます。

私が去った後、笑い声とともに呆《あき》れたようなヒソヒソ話も。

私はリフルお姉様と違って聖女としての力はまるでなく、いつも空想に耽《ふけ》ってふわふわとして、お友達を作る人望もないゆえに仕方のないことです。誰もがこの姉妹の格差を奇異《きい》に感じるでしょう。

そして今度は校庭の反対側から、キャアキャアと色めく塊《かたまり》が近づいて来ました。お姉様を囲う声とは違って、まるで求愛の甘い囀《さえず》り。

「アンディ様ぁ～」

「アンディ王子様～っ」

我が国の第二王子様であらせられる、アンドリュー・オブ・グレンナイトこと、アンディ王子殿下です。

さらさらと金色の髪が風に靡《なび》いて、気怠そうなバイオレットの瞳が自分を囲む女の子たちを見下ろしています。目線一つで悲鳴が上がるようなモテぶりとは、いったいどのような景色が見えているのでしょうか。色恋に疎《うと》い私にはわかりませんが、とにかく色っぽい王子様だというのはわかります。

求愛の集団の邪魔にならないよう、私は本を抱きしめながら端に避けて、人気のない裏庭を目指して黙々と歩きました。


「は～。やっと一人になれた！」

解放感で、私は思わず伸びをします。

ここは学園の裏庭にある大木の枝の上です。この太い枝のカーブはお尻にフィットして座り心地がいいし、生い茂る葉は地上から私の姿を隠してくれるのです。木登りするなんてお転婆《てんば》だけど、ここはお昼寝にちょうどいい場所です。

木漏《こも》れ日《び》、小鳥の囀り、遠い校舎の賑《にぎ》わいと、静かな裏庭の芝生。

「うんうん。最高のお昼寝日和《ひるねびより》。さ〜て、今日のお供は……」

私は手にしていた本を開きます。

子供が読む児童書。それもキラキラとした、お姫様の物語。

私、ルナには子供の頃から、ちょっとした特技があるのです。

それは、自分が望む夢を見ることです。事前に空想したり、本で読んだりした内容を夢でそのまま見て、楽しむことができるのです。

これは明晰夢《めいせきむ》といって、訓練すれば誰でもできるようになるらしいのですが、私の場合は少し変わっていて、一緒に眠る相手と体が触《ふ》れていれば、相手の夢にお邪魔して同じ夢を見ることができるのです。それは子供の頃にリフルお姉様と一緒に眠って気づいたことで、お姉様と私だけの秘密です。


「ふが……」

本を開いてすぐに、私は眠りました。素早く寝るのも私の得意とするところです。

そうして現れた夢の世界には、私の理想通りの景色が広がっていました。

「わ〜い、綺麗！」

キラキラのドレスに、美しい草原。泉の辺《ほとり》に、愉快な動物たち。

本で見たままの景色の再現に、私は完全にお姫様になりきって、クルクルと舞い踊りました。

草原を駆《か》け巡《めぐ》り、クマやキツネに投げキッスをし、コロコロと笑って。

現実でこんな振る舞いをしたら、バカみたいでしょう？　でも、ここは夢の中なのです。夢の中ではその世界になりきってバカになった方が、楽しみが倍増するというもの。

素《す》っ頓狂《とんきょう》に大声で歌いながら動物たちを引き連れて、スキップして前進します。そのまま茂みを突き抜けたら、夢のお城があるはず。

が……。茂みの先には想定外の景色が現れて、私は固まりました。


一面が夜だったのです。それも、不穏《ふおん》な暗い森の。

あら？　なにか変です。思い描いた景色と全然違う。お城もないし、空も真っ黒。まるで悪夢の世界です。

しかも、目前の草むらには、予想外の人物が立っていたのです。

さらさらと金色の髪を靡かせて、バイオレットの美しい瞳が驚《おどろ》きで見開かれ、そのお顔もまた麗しい……。

「ア、アンディ王子殿下⁉」

何てことでしょう！　私が、男性の夢を見るなんて！　そんなふしだらな願望が、あっただなんて！

私はショックと混乱と恥ずかしさのあまり夢から覚醒《かくせい》し、雄叫《おたけ》びを上げながら大木の枝から地面に向かって、真っ逆さまに転落したのでした。

ドオン！

木の枝から地面までは大した高さでないとはいえ、私は芝生の上で派手に転がりました。転がった先に偶然誰かの膝があり、私の頭はホールインワンするように、膝枕の状態で止まりました。慌てて顔を上げると、そこには夢の中と同じ、麗しいアンディ王子殿下が、驚いてこちらを見下ろしていたのです。

「う、おわ⁉」

私は思わず野犬のような声で跳《は》ね起きて、後方へ飛び退《の》きました。

アンディ王子殿下は木を背にして座ったまま、目をまん丸にしています。

「な……⁇」

王子様の混乱している様子に、私は折り畳《たた》み人形のように何度もペコペコと頭を下げながら、全力で詫《わ》びました。

「も、申し訳ございません‼　と、とんだ失礼を‼」

落ちた児童書を拾うと、私は一目散に校舎に向かって逃げました。王子様が何かお言葉を発するのが怖くて、聞こえる前に消え去ったのです。

私は廊下を爆走しながら、バクバクと跳ねる心臓と荒い息の中、状況を整理しました。

私がお昼寝していた木の枝のその下で、どうやらアンディ王子殿下はハーレムを抜け出して、うたた寝に来ていたようです。そして私が上から落下して、王子様がおかしな女を膝枕してしまったという、不幸な事故が起きたのです。

一瞬感じた良い香りと、間近で見た美しいバイオレットの瞳を思い出し、私は廊下の隅《すみ》にしゃがみ込んで、興奮で爆発しそうな頭を抱えました。

こうして現実に起きた事故の衝撃《しょうげき》が私を支配して、夢で出会ったアンディ王子殿下のことは、自分が勝手に見た夢なのだと思っていたのです。

が、その日の夜に……。

学園から私の自宅であるマーリン伯爵家の屋敷に帰ると、家族の空気は一変していたのでした。

「お、お父様？　お母様？」

いつもは和やかな我が家の、ピンと張った空気はただごとではなく。

お父様もお母様もオロオロと目を泳がせ、互いを見合っております。リフルお姉様にいたっては、青ざめたお顔で立ち尽くしているではありませんか。

お父様は一呼吸置くと冷静を装って、私に尋《たず》ねました。

「ルナや……アンディ王子殿下と、学園で何かあったのかね？」

昼に起きた事件が、夜にはすでに家族に伝わっているという事実に私の背筋は凍りました。無《ぶ》礼千万《れいせんばん》、打ち首！　という恐ろしい言葉が脳裏《のうり》をよぎります。事故とはいえ、私は王子様に対して膝枕を強制するという、大変な不敬《ふけい》をしでかしたのですから。

頭が真っ白になって呆然とする私の前に、お母様はそっと歩み寄りました。

「殿下が直々に、貴方に宮廷に来てほしいとおっしゃっているのよ」

お母様の動揺《どうよう》の声に私はいよいよ恐怖で竦《すく》みましたが、先に続いたのは予想外の言葉でした。

「ルナを宮廷の聖女として、正式に招致《しょうち》したいって……」


リフルお姉様のお部屋で。

お姉様が淹《い》れてくださった良い香りのお茶の前で、私は椅子の上で彼方此方《あちらこちら》と目をやりながら、モゴモゴと喋《しゃべ》り続けました。

「わ、私は聖女じゃないのに、変ですよね。お姉様の間違いではないでしょうかね……似てないのに間違えるとか……変ですね」

リフルお姉様はお上品にお茶を召し上がると、凛《りん》とした瞳で私に問いました。

「ルナ。あなたはもしかして、あの夢の特技をアンディ王子に話したの？」

「と、とんでもない！　だってあれは、お姉様と二人だけの秘密で……ただ、私は王子様がもたれ掛かっていた木の上で昼寝しただけで……」

そこで私は、あの夢を思い出したのです。

「あ。夢に、アンディ王子殿下が出てきてた」

お姉様は「はぁ～」と重い溜息を吐いて、テーブルの上に組んだ手に頭を置きました。

「なんてこと。よりによってあの王子と夢を共有したのね？」

「だってまさか、王子様のお身体に触れてもないのに……？」

「植物を媒介《ばいかい》して、互いの夢が繋《つな》がったのかもしれないわ。迂闊《うかつ》だった……そんな方法があるなんて」

お姉様は苦々しいお顔です。

「あの男……女ったらしの遊び人が。王子の権力を使ってルナを宮廷に呼び寄せるなんて」

「あわわ、リフルお姉様！　不敬ですよ？」

「あの男、ルナの可愛さに気づいて囲うつもりね？　聖女として招致だなんて、尤《もっと》もらしい理由を付けて！」

ドン！　とテーブルを叩くリフルお姉様は、別人のように怖いお顔です。昔から妹のことになると、こうして取り乱す優しいお姉様なのです。

「いいえ、お姉様。アンディ王子殿下は私を、気味の悪い女と思ったはずです。私を可愛いと言ってくださるのは、お姉様と家族だけですよ」

リフルお姉様は「ふ」とお顔を綻《ほころ》ばせて、私の頬《ほほ》に優しく触れました。

「何を言うの。ルナは自分の可愛さに気づいていないだけ。小さなお顔に水色の瞳がうるうるして、頬がいつも薔薇色《ばらいろ》じゃない。一生懸命な姿もとても可愛いわ。あの男……ロリコンなのかしら」

会話の前後が聖母と悪鬼《あっき》のように別人になるお姉様ですが、私は褒《ほ》められるのが嬉しくて、はにかみました。

「でも、リフルお姉様。夢で会って、私を宮廷に呼んだということは、王子様は夢について何か悩まれているのかも」

冷静になった妹の意見に、お姉様はサファイアの瞳に賢《かしこ》い色を取り戻しました。

「そうね……悪夢か、不眠症《ふみんしょう》か……」

お姉様は思い出をたどるように目を伏《ふ》せて、微笑みました。

「ベティを覚《おぼ》えている？」

「ええ、もちろんですとも」

私は労わるように、リフルお姉様の手を握りました。ベティはお姉様が幼少の頃から愛していた犬で、老衰《ろうすい》で亡くなるまでずっと大切にされていました。

「ベティがいなくなって激しく落ち込む私を、ルナは夢を通してどれだけ癒やしてくれたことか。私は傷や病を癒すことができても、心の傷は治せない。あなたは一流の夢使《ゆめつか》いなのよ」

「夢……使い？」

「稀《まれ》な力で、どんな作用があるのか殆《ほとん》どの人が知らないでしょう。ましてや添い寝をしなければ夢を共有できないのだから、誰も知りようがないわ」

穏やかにお話ししていたリフルお姉様は、また沸々《ふつふつ》と怒りを滾《たぎ》らせました。

「あの王子と私の可愛いルナが添い寝をするなんて……冗談じゃないわ。不埒《ふらち》な！」

「お、お姉様」

「私はやっぱり反対よ。ルナが夢の中で危ない目に遭ったら嫌だし、添い寝中にセクハラなんかされたら最悪だわ！」

言いながらリフルお姉様は立ち上がると、部屋の隅にある大きな花瓶《かびん》のもとへ歩き、手頃な枝をへし折って持ってきました。

「どうしてもと言うなら、この枝を互いに持って眠ればいいわ。手を繋《つな》がなくて済むし」

「は、はあ。有り難く頂戴《ちょうだい》します」

お姉様も私も動揺しつつ、このお話をお断りできないことはわかっていました。王族からの依頼を、吹けば飛ぶような弱小の伯爵家が断るだなんて。しかも私のような小娘が私情でつっぱねるなんて、畏《おそ》れ多いことです。むしろ今回の招致は世間的に見れば、落ちこぼれの大抜擢《だいばってき》であり、シンデレラ聖女なのですから。

「リフルお姉様。私は夢使いの聖女として、宮廷に行って参ります。どんな悪夢にも、負けませんから」

私はリフルお姉様と自分を鼓舞《こぶ》するように、天に枝を掲《かか》げて宣言したのでした。

＊・＊・＊

そんなわけで私。ルナ・マーリンは今、キングサイズベッドにインして。限りなく端っこに寄って、仰向《あおむ》けになっているのです。

アンディ王子殿下は真ん中で堂々と横になっておられますが、天井を見つめて起きてらっしゃいます。

距離を取っていても、同じベッドに入っているという事実は私の心臓を激しく打ち鳴らします。ふかふかで良い香りのベッドなのに自分の硬直が伝わって、まるで石材のような寝心地です。

「あれは何だったんだ?」

「えっ?」

沈黙を破るアンディ王子殿下の突然の問いかけに、私はビクッと跳《は》ねました。

「派手なドレスを着て、動物を引き連れていただろう?　夢の中で」

私は顔面が茹《ゆ》で蛸《だこ》のように火照《ほて》りました。自分の趣味で染《そ》まった夢を他人に見られるのは、まるで自室を覗《のぞ》かれるような……いいえ、裸を見られたような恥ずかしさです!

「じ、児童書です……動物とお話ができるお姫様の物語で……」

　ククク、と笑い声が聞こえて、私は羞恥《しゅうち》に耐《た》えきれずに布団で顔を覆《おお》いました。

　王子様は構わず続けます。

「現実で読んだ本や妄想した世界を夢で見れるってわけだ」

「は、はい……」

「すごいな」

「……」

　思わぬ褒め言葉の後、アンディ王子殿下は意地悪そうな、しかし美麗な笑顔をこちらに向けて、枕に肩肘を突きました。

「音痴《おんち》な歌でも、バカみたいなスキップでも何でもいい。俺に楽しい夢を見せて悪夢を忘れさせてくれ」

　私は暗がりの中で、蝋燭《ろうそく》の灯《あか》りに浮かぶ色っぽい王子様を思わずうっとりと眺《なが》めました。

「悪夢に……お悩みですか？」

「ああ。生まれてこのかた、まともに眠れたことがないんだ。毎晩うなされて」

「毎晩、悪夢を見ているのですか⁉」

　私はゾッとしました。人生の最大の楽しみと言っても過言ではない眠る時間が、生まれてからずっと悪夢だなんて。そんな不幸なことがあるのでしょうか？　急に王子様が不憫《ふびん》になりました。

　私は勇気を出して、ジリ、ジリ、と少しずつ体をずらして、アンディ王子殿下に近づきます。

手を握って眠らないと、夢を共有できないからです。

頭の中には、リフルお姉様に貰った木の枝が浮かびました。宮廷の荷物検査で取り上げられなかったので、鞄《かばん》に入ったまま……だけどこのタイミングで、枝を握ってくれと出す勇気はありません。何だか無礼な気がして。

「て、手を……」

「握るのか？」

話が早くて助かります。王子様は女性に慣れてらっしゃるのでしょう。何の躊躇《ちゅうちょ》もなく、サクッと、手を握られました。

「‼」

初めて握った男性の手がベッドの中、というのは不埒なお話ですが、私は掌《てのひら》の予想外な温もりと、レディを扱うように優しく触れる王子様の所作《しょさ》に頭が沸騰《ふっとう》しました。

お、王子様の美麗な指が、私のちんまい手を……っ。脳内でつい、変態的な実況をしてしまいます。

「はぁ」

アンディ王子殿下は小さく溜息を吐いて、仰向けで目を瞑《つむ》りました。まるで眠るのが苦痛のような、憂鬱《ゆううつ》のようなお顔です。

私は脳内の実況を止めて、真顔で目を瞑りました。

王子様に直々に招かれた夢使いの聖女として、なんとしても悪夢を消してみせる。そう意気込んで……。

「ふごっ……」

早寝が得意すぎて、いけませんね……。

王子様より先に、私はあっさりと寝てしまいました。

一面の、お花畑。

咽《む》せ返るほどに甘い蜜《みつ》の香りと、色とりどりに揺れる花弁《はなびら》。

これは昔、家族で訪れた避暑地《ひしょち》の見事なお花畑で、私のとっておきの記憶なのです。王子様もこのお花畑を見たら、きっと楽しい夢だと思ってくれるはずです。

私はお気に入りのワンピースを着てお花畑に埋もれて、夢の中でアンディ王子殿下を待ちました。どうやら王子様は寝入りが悪いようで、なかなか現れませんでしたが……。

しばらくすると、遠い場所から誰かの泣き声が聞こえてきたのです。

私はその声を頼りに、お花畑をかき分けて進みました。青かった空はどんどん日が暮れて、私が泣き声にたどり着く頃には、お花畑の景色は真夜中の色になっていました。

薄暗い花に埋もれて泣いているのは、小さな男の子でした。五歳くらいでしょうか。肩まである金色の髪がさらさらとして、大きなバイオレットの瞳から、大粒の涙が溢れていて……。

それは胸がキュンとするほどに可愛らしい、ちびっこのアンディ王子殿下だったのです。

「あなたは誰？」

ちびっこアンディ王子殿下の透き通ったお声に、私の胸はより高鳴りました。

「私はルナですよ」

「ルナ？」

「私は王子様の悪夢を退治する、夢使いです」

「本当に？」

潤《うる》んだバイオレットの瞳に希望の煌きが表れて。ああ、なんて可愛らしいのでしょう。こんなに純粋な子があんな擦《す》れた不良になってしまうなんて、嘘みたいです。

私がしゃがんで目線を合わせると、ちびっこ王子様は縋《すが》るように私に抱きついてきました。

「ルナ。僕を助けて」

「う、お、おぉ」

変な唸《うな》り声が出てしまいましたが、私は感激して王子様の小さな体を抱きしめました。なんて小さく、温かな抱き心地。か弱きこの子を私が守るのだと、まるで騎士《きし》のように逞《たくま》しく心が燃え上がります。

「あそこに悪魔がいるの！」

ちびっこ王子様が後ろを振り返りながら指した先を見て、私は白目を剥《む》きそうになりました。

夜のお花畑の向こう側に深い森があり、そこからまるで山ほどの大きさはあるであろう、巨大な黒い顔がこちらを覗き見ていたのです。漆黒《しっこく》の顔面にはギラギラと光る、ニヤけた形の目が。

禿《は》げ頭には二本の山羊《やぎ》の角があって、悪魔のそれだとわかります。

　私は絶叫しそうな恐怖を理性で押し殺して、王子様を抱えたまま立ち上がりました。

「ふ、ふうん。大きなお顔ですね」

「あいつがずっと、僕を狙《ねら》ってるんだ」

「それは許せませんね。可愛い王子様をこんなに震えさせるなんて」

　私の中の恐怖を、圧倒するほどの怒りが湧《わ》いてきました。こんなに幼気《いたいけ》な子を脅かす、いびるなどの行為は万死《ばんし》に値《あたい》する……これは母性なのでしょうか？

　私は無意識に、巨大な悪魔の顔に向かって手を翳《かざ》しました。

　ドン！

　重低音が響いて、悪魔の顔があった場所に、それを上回る大きさの花が咲きました。立派なデイジーです。

「わあ、おっきなお花！」

　ちびっこ王子様が涙のお顔を笑顔にされたので、私は高揚《こうよう》して、立て続けにドン、ドン！　と空間を埋めるように、満開の花を咲かせていきました。

「ほ～ら、何も見えません。ここはお花畑ですから！　綺麗ですね」

「うん。すごく綺麗！　ルナはすごいや！」

　空が青色に戻って、明るい太陽の下に無限に花弁が舞ってきました。

私はちびっこアンディ王子殿下と一緒にスキップして、歌って。花畑に転がると、花冠を作って遊びました。

ちびっこ王子様は小さな御手《おて》で一生懸命に蔓《つる》を編《あ》んで、作った花冠を私の頭に被せてくれました。過分《かぶん》な萌《も》えに私が震えていると、さらにそっと、頬にキスをしてくれたのです。

「ルナ。ありがとう。僕、ルナが好き」

天使の笑顔が光に包まれて、あまりの尊《とうと》さに目が眩《くら》みます。

そうして明るい朝日の中で、私は目を覚ましました。

ここはキングサイズベッドの上です。

楽しい夢はこれまでいくつも見てきましたが、こんなに多幸感《たこうかん》に満ちた朝はありましたでしょうか。

「ルナが好き」「好き」……。

脳内でリフレインする可愛いお声をグッと噛《か》み締《し》めて、瞑った目をもう一度開けると、現実のアンディ王子殿下がこちらを見下ろしていました。呆然《ぼうぜん》としたお顔に少し跳ねた髪がキュートです。

「あ、お、おはようございます」

私は想像以上に引きつった顔の、キモい挨拶をしてしまいました。

王子様はそれには答えずにそっと体を起こすと、無表情なお顔をだんだんと赤らめて、膝に埋《うず》めました。

「言うなよ……」

「え？」

「今日のこと。絶対、誰にも言うなよ？」

アンディ王子殿下の念押しのような脅《おど》しは、私を睨《にら》むバイオレットの瞳の鋭さから本気が伝わりますが、私は昨晩と違って、全然怖くありませんでした。

オホン、と咳をして、決め台詞《ぜりふ》を吐かせていただきます。

「もちろんです。夢使いの、守秘義務《しゆひぎむ》ですから」

キングサイズベッドを降りてからは、私とアンディ王子殿下は完全に別行動となりました。

王子様は学園に登校するための御支度を、大勢の侍女とメイドによってお世話されています。

流石の王子様。

御髪《おぐし》が整えられ、制服姿にお召替《めしか》え……その光景に見惚れていた私は侍女の方に連れ出されて、別室で制服に着替えました。豪華な朝食までご用意いただけて、さらには王子様の側近《そっきん》の方が馬車で自宅に送ってくださるそうで。流石の宮廷、ホワイト待遇《たいぐう》です！

侍女の方に案内されて馬車に向かうと、そこには髪も服装もビシッとキマった男性が、金縁《きんぶち》の眼鏡を光らせて待っていました。王子様の側近クリフさんこと、クリフォード・ランス卿です。我が国の宰相《さいしょう》様のご令息らしく、見るからに切れ者風な冷たい印象を業務的な笑顔で隠してらっしゃいます。

このような隙《すき》のない男性につい臆《おく》してしまう私ですが、平常心を装《よそお》って馬車に乗り込みました。

「ルナ・マーリン様。アンディ王子の悪夢は如何《いかが》でした？」

クリフさんは対面に腰を下ろすと、王子様の夢についてさっそく質問してきました。

「あ、あの、大きい顔の悪魔でしたね……」

咄嗟《とっさ》に大雑把《おおざっぱ》な感想を述《の》べる私に、クリフさんは「やはり」と頷《うなず》きました。

「王子は幼少の頃からずっと、同じ夢を見ているのです」

「あの悪魔の夢ですか？」

「ええ。なんでも、乳児の頃から見ていると、ご本人はおっしゃっています」

私は「はて」と首を傾《かし》げました。乳児の頃の夢を覚えているなんて、記憶力が良すぎではないでしょうか。普通、三歳より前の記憶ってあまりない気がしますが……。

クリフさんは鞄から大層な量の紙を取り出しながら、和《にこ》やかに続けました。

「しかし、アンディ王子殿下のあんなに晴々《はればれ》とした朝のお顔は初めて見ました。夢使いの聖女とは素晴らしい能力ですね」

「いやあ、えへへ」

照れて謙遜《けんそん》する私に、クリフさんは業務的な笑顔を輝かせながら、分厚い書類を差し出しました。

「これは今からご自宅でご署名をいただく書類です。王様直々のご命令で、ルナ様には今晩から宮廷に滞在しながら、アンディ王子殿下の添い寝を続けていただきます。明日からは宮廷から直接学園へ馬車で通われることになりますので」

「えええええ!?」

私は座面から勢いよく滑《すべ》り落ちましたが、クリフさんの笑顔は動じません。

依頼主が王子様から王様へと上位シフトし、有無《うむ》を言わさぬ任務の強行ぶりに、私は権力の恐ろしさを思い知らされたのでした。

第二章 王子様の添い寝係

「ふぃ〜……」

私は学園の花壇《かだん》の前で、魂《たましい》が抜けた顔で佇《たたず》みました。満開のカモミールの花がそよそよと頬を撫で、優しく癒してくれます。

朝から自宅で山のような契約書に署名を済ませた後、クリフさんの説明に狼狽《うろた》えるお父様とお母様、そしてお怒りのリフルお姉様を宥《なだ》めてから登校しました。

後方ではまた、キャアキャアとお姉様を取り囲む女子の群《む》れがあり、前方からは、求愛を奏《かな》でるアンディ王子殿下の取り巻きがやって来ました。

遠く花壇の陰から王子様を盗み見ると、何ということでしょう。いつにも増して、輝かしいお肌に煌く瞳。不思議とオーラが強くなったような、神々しさまで感じる美しさ！　女生徒たちもそれを感じているのか、ひときわ求愛が激しくなっています。

なるほど。長年の寝不足が解消して安眠した結果、どこか影のあった王子様のお顔は、健康的な美しさを取り戻されたようです。

「良かったたねえ。元気になって」

あの幼気な可愛いちびっこ王子様のお顔と重なって、私はまるで母のように「うんうん」と頷いてアンディ王子殿下を見送りました。

王子様はビタ一文、こちらを見ようともしません。まるで他人のような、むしろ花壇にいる虫、のような。学園では絶対に関わるなという、確固《かっこ》とした意志が伝わります。

でも、それは私にとっては却って気が楽でした。

学園での私は、優秀なリフルお姉様の「妹」としての認識しかされず、みそっかすのような扱《あつか》いなのですから。急に王子様にお声を掛けられても、立場的に困るというものです。


なのに……。


お昼時間の人のいない図書室で。

夢の題材のために本を漁《あさ》る私の背後に、アンディ王子殿下は忍び寄ったのです。

「……岩？」

はい。私は岩石の図鑑を鑑賞《かんしょう》中でした。

穴が開くほど岩肌を見つめて、どんだけ岩好きなんだよ？　と思われますが、リアリティは夢の質に大切な情報ですから、自然物のディティールを幅広く探求し、知識に取り込む必要があるのです。

と、脳内で説明しながら、私は引きつった顔で振り返りました。

アンディ王子殿下は私が山のように確保した本を一つずつ手に取り、タイトルを読み上げます。

「東方文化録、野鳥図鑑、民族衣装図録……これが全部、夢の創造《そうぞう》に必要ってことなのか?」

「おっしゃる通りで……」

私が極小のしゃがれ声でお返事したので、王子様は「?」の顔で近づきました。ま、眩しい。美しみが眩しい。

「お前が……」

アンディ王子殿下は不良風に喋《しゃべ》り出した口調を一旦《いったん》止めて、目を逸《そ》らしながら言い直しました。

「ルナが必要とする本なら、宮廷の書庫《しょこ》に沢山あるぞ」

私は現実の王子様が名前を呼んでくださった感激と、〝宮廷の書庫〟という魅惑《みわく》的なワードに衝撃を受けて、自分でも滑稽《こっけい》なほどに真っ直ぐ飛び上がりました。

「宮廷の本、ヨム!」

オウムのような片言の返事にアンディ王子殿下は「ぷ」と少し笑うと、そのまま図書室を出て行かれました。

何ということでしょう。王子様と、学園で言葉を交わすなんて。こんな薔薇《ばら》色の学園生活が、この世にあるなんて!

私は感動で腰が砕《くだ》けて、床にへたりこんだのでした。


放課後、学園の門の前で。

側近のクリフさんが馬車を連れて、私を待ち構《かま》えておりました。

「夢使いの聖女ルナ様をお迎えに上がりました。ご自宅から宮廷にお荷物をお運びしましょう」

クリフさんの改まった笑顔の圧に、私は思わず身震いしました。今日から本当に宮廷に住み込むのだという現実が押し寄せて、今さら怖気《おじけ》づいてしまいます。

「あ、あわわ」

慌てているうちに馬車は我が家に向かい、用意してあった大量の荷物を運び出し、王都《おうと》を走り抜け、あっという間に宮廷に到着してしまいました。

我に返った私の目前には、夕陽を背に王城が厳《おごそ》かに聳《そび》えており……私は緊張のあまり焦って馬車から飛び降りて、自分のバカでかトランクを抱えました。

「ルナ様！　私どもがお運びいたします！」

逞しい護衛《ごえい》の男性たちがサッとトランクを取り上げて、荷物は続々と、自動的に宮廷内に運ばれていきます。

「あああ、ありがとうございますぅ」

キビキビとした護衛たちの後をついてオロオロと宮廷に踏み入ると、豪華な廊下が。さらに豪華な階段が。その先の扉を開けるとなんと、お姫様が棲《す》むような素敵なお部屋が、私のために用意されていたのです！

「どひゃあ……！」

怖気づいた気持ちはどこへやら。私の心は一転、舞い上がりました！

雲のように柔らかい絨毯《じゅうたん》から見上げる、宝石のごときシャンデリア。可憐《かれん》な乙女模様のカーテンに映える、エレガントな高級家具たち……！

お姫様のようなお部屋をふわふわと徘徊《はいかい》していると、キチンと背筋《せすじ》を伸ばした生真面目《きまじめ》風《ふう》の女性がやってきました。左右にはメイドさんを従《したが》えています。

「夢使いの聖女ルナ様。本日から身の回りのお世話をさせていただきます、侍女のサラと申します」

な、なんと、侍女とメイド付きのお部屋でございます！　流石、我らがグレンナイト王国の宮廷。ホワイトどころかゴールデン待遇です！

「あわわ、ゴールデン！」

私の血迷《ちまよ》い言《ごと》をサラさんはポーカーフェイスでサラッと流して、着替えやお茶の準備を粛々《しゅくしゅく》とお世話してくださいました。挙動不審《きょどうふしん》の怪しい私を訝《いぶか》しがることなく。流石、宮廷の侍女はクールです！

＊・＊・＊

私。ルナはいつものお気に入りのネグリジェを。アンディ王子殿下はやっぱり色っぽい、パジャマ姿で。二晩目の添い寝の時間がやってきました。

私は高待遇への興奮が冷めやらないまま、意気揚々《ようよう》と大荷物を背負って、王子様のお部屋を訪れました。

アンディ王子殿下は困惑《こんわく》して、私が持ち込んだバカでかい袋を見下ろしています。

「何なんだよ、これ……」

「安眠グッズです！　すっごい豪華なお部屋をご用意いただけたので、自宅から持ってきたグッズを全部収容《しゅうよう》しても、有《あ》り余《あま》る広さなんですよ！」

あれからお部屋で美味しいお夕食をいただき、侍女のサラさんたちにお風呂まで入れてもらった私は有頂天《うちょうてん》となって、おかしなテンションになっていました。

王子様は訝しげに、バカでか袋から次々と取り出されるぬいぐるみや、ハーブの袋やアロマの蝋燭、抱き枕、マッサージ道具などを眺めています。

私はさらに興奮して、小瓶《こびん》を取り出しました。

「これこれ！　これはですね、私が調合《ちょうごう》したアロマオイルなんです！」

私はベッドの上に座っているアンディ王子殿下の横によじ登ってお手を取ると、アロマオイルを垂《た》らして、王子様の手指をマッサージしました。

「東の大陸では掌にツボというのがあって、ここをマッサージすると体の不調が改善されたり、リラックスできる効果があってですね。あ、このアロマは安眠に効くジャスミンをベースに調合しておりまして……」

ペラペラと早口でウンチクを並べながら、私は途中でハタと、大胆なことをしでかしていると気づきました。いくら昨晩手を握ったとはいえ、王子様にオイルマッサージを施《ほどこ》すなんて、あまりに慣《な》れ慣《な》れしく畏れ多い行為です。まるで業務を建前に王子様を好きにいじくり回しているようで、自分がとてもいやらしい人物に思えてきました。

「……」

緊張の面持《おもも》ちで無言でマッサージを続けると、静かな寝室にオイルが滑《すべ》る音だけが響いて、余計に卑猥《ひわい》に感じます。異様《いよう》に顔面が熱い……私の顔は多分、溶岩のように真っ赤になっていることでしょう。

「あいつは、誰だと思う？」

ぽつりとアンディ王子殿下が呟いて、私は慌てふためきました。

「え、わ、私ですか⁉」

「いや、違う。あの悪魔だよ」

「んんん……」

実はお昼間の学園の図書室で、私はこっそりと、あの悪魔の正体がどこかに記されていないか調べたのでした。

精神医学的には、幼少期のトラウマが原因だとか。生まれてからずっとあの悪魔が夢に現れるだなんて、相当なショックがあったとしか思えません。

「王子様にお心当たりはないのですか？」

「さあ……あいつが何なのか知らないけど、あれはいつも俺に〝寄越《よこ》せ〟と言ってる気がするんだ」

「寄越せって、何をです？」

アンディ王子殿下は温度を失ったバイオレットの瞳で、私を真っ直ぐに見つめました。

「俺の体を。あの悪魔はきっと、俺を器《うつわ》にして乗っ取るつもりなんだ」


灯りが消えたベッドの上で、私は珍しく寝つくのに時間がかかりました。隣で手を繋ぐ王子様もきっと、目を瞑ったまま眠れずにいるのでしょう。

王子様を器にして、体を乗っ取る悪魔……そんな物につけ狙われ続けているアンディ王子殿下の心境はどれだけしんどいことでしょう。

浮き足立った興奮から鎮静《ちんせい》した私は、王子様を癒す夢を構築するために〝夢使いの聖女〟として最大限の集中をしました。


さらさらさら……。長閑《のどか》な森に囲まれた、清《きよ》らかなせせらぎ。

優雅《ゆうが》に流れる水の底には、色とりどりの小石が透《す》けて見えます。ほ〜ら、よくご覧ください。山から流れ落ちた水晶《すいしょう》やら翡翠《ひすい》やら。それだけではありません。いろんな原石のカケラが、小石に混ざって光っていますよ。夢のせせらぎにようこそ！

完全なる岩と小石の質感の再現に自信を持って、私はせせらぎの前で仁王立《におうだ》ちしました。王子様は私のさらに前に立って、景色を見回しています。

「なんて綺麗な場所だろう！　こんなに沢山の色の石を見たのは初めてだ！」

輝く笑顔で私を振り返るアンディ王子殿下のお年頃は、七歳くらいでしょうか。前回の夢では美少女のようだったちびっこ王子様ですが、今回は少し背が伸びて、男の子らしく元気な笑顔が素敵です。ああ、それでもやっぱり伏《ふ》せる睫《まつ》毛《げ》や赤い唇《くちびる》は女の子のようで。コロコロと移《うつ》ろう表情は可愛さに溢れています。

「水晶見つけた！　あ、緑の石と……赤い石もある！」

王子様は宝物を探すみたいに小石に夢中になって、浅いせせらぎを裸足《はだし》で飛び回っています。

そのうちに岩場の陰《かげ》を指して、私を呼びました。

「ルナ！　あそこを見て！」

王子様の後ろから指す先を覗いてみると、そこには虹色に輝く小さな魚が泳いでいました。

「これはオイカワという川魚ですよ」

「聞いたことがない魚だ」

「遥《はる》か遠い東の地に生息しているのです。私は図鑑をよく見て再現したので、形に間違いはないはずです」

「ルナはすごいや！　図鑑の絵を夢で再現してしまうなんて。僕も図鑑を見るのが好きだけど、ルナはもっと勉強しているんだね」

「いやあ、勉強というか、楽しい夢を見るための準備っていうか……」

王子様は尊敬の眼差しを煌めかせて、誇らしげなお顔で私を見つめています。ああ、瞳だけでこんなにもお心が伝わるなんて。王子様の真っ直ぐなお気持ちが貴重すぎて、目眩《めまい》を感じたその時。

おや？　足元が小刻《こきざ》みに揺《ゆ》れています。おかしいですね。私はこんな演出はしていませんが……。

「きゃあ！」

王子様の女の子のような悲鳴の先には小さな泉があり、その水面からなんと、大きな黒い手がぬーんと現れて、岩場の縁《ふち》を掴んでいるではないですか。今にも地上に這《は》い上がろうとするそれは、あの巨大な悪魔であるとすぐにわかりました。

美しい夢から突然の悪夢の展開に私が思わず唖然《あぜん》としていると、泉から悪魔は巨大な顔を覗かせて、こちらを見てニヤリと笑ったのです。真っ黒な闇のような顔面の中に現れた無数の牙《きば》に、背中がゾッと粟立《あわだ》ちます。

「ルナ！　逃げて！」

ハッと腰元を見下ろすと、少年王子様が両手を大きく広げて、毅然《きぜん》と私を庇《かば》うように立っているではありませんか。

「ひっ、おっ、王子様!?」

私はその小さなお背中の気高き行動に、確かに〝王子様〟を見たのです。こんなに恐ろしい悪魔を目前にしてなお、婦女子を守ろうと立ち上がる勇気。若干七歳にして、王子様はすでに王子様だったのです‼

「ひぃぃ！」

感激とときめきが怒涛《どとう》のように押し寄せて、私は王子様のお背中を後ろから抱き締めました。

「王子様！　ルナにお任せください！」

悪魔はすでに泉から腰まで露出《ろしゅつ》して、片足を縁に掛けて立ち上がろうとしています。仰反《のけぞ》るように悪魔を見上げて震える王子様の耳元で、私は続けました。

「蟻地獄《ありじごく》って、ご存知ですか？」

「あ、ありじごく？　し、知ってるけど……」

場違いな質問に動揺する少年王子様に、私は手を広げてみせました。

「ほら、これが蟻地獄ですよ！」

途端《とたん》に足元の小石が動き出して、それは大きなうねりとなり、悪魔のいる場所を中心に巨大な渦巻《うずまき》を形成していきました。小石の渦はすり鉢状《ばちじょう》となって悪魔を地底に吸い込んでいきます。慌てた悪魔はすり鉢から這い上がろうと両手で踠《もが》きますが、大量の小石の渦はものすごい速さで悪魔を沈めていきました。

ズズズズ、スポン！

「小石の蟻地獄だ‼」

悪魔の頭が完全に見えなくなって、少年王子様は驚きのお顔で私を振り返りました。

「ええ。小石の一粒は軽くても、大量に集まると何万トンにもなりますから。地底奥深く引き摺《ず》り込んだので、悪魔はもう出てこられませんよ」

少年王子様は「あはっ」と笑顔を満開にしました。……守りたい。この笑顔を！

すり鉢状となった場所にはせせらぎが流れ込んで、静かな泉へと戻りました。

少年王子様はご自分のズボンのポケットに手を入れて、何かを探しています。

「僕、あなたの瞳の色を小石の中から探したんだけど、一個しかなかったんだ」

少年王子様は掌に載る小さなカケラを見せてくれました。透明感のある水色が鮮《あざ》やかに光っています。

「おや。これはアクアマリンでしょうか。え、これが私の瞳の色？」

え、こんなに美しい色をしているでしょうか？　キョトンとする私に、王子様ははにかんで頷きました。

「うん。ルナの瞳の色はせせらぎみたいに綺麗な色で……とても好きな色だよ」

私の掌にアクアマリンのカケラを渡す王子様のお顔が輝いています。


「とても好きな色だよ」「とても好きな」……。


かようなお褒めのお言葉をいただいて、私は夢心地で目覚めました。

朝日の中でそっと、固く握っていた掌を開けてみましたが、少年王子様から受け取ったカケラは残念ながらありません。私が夢の中で造《つく》った幻《まぼろし》ですから、現実に持ち帰ることはできないのです。

「はあぁ……」

それでも掌をうっとり眺め続ける私の横で、王子様は照れたような、気まずいようなお顔を枕に埋めています。

「せせらぎの石の素材ってあれか……」

王子様は学園の図書室で私が読んでいた岩石の図鑑と合点がいったようで、美麗な笑みを溢《こぼ》しました。ほわぁ。二日連続で安眠を得た王子様の、なんて輝かしい美しさ！　私は夢使いとして偉業《いぎょう》を達成したような大きな気持ちになって、雲の上で踊るように浮かれました。明るい朝の光が宮廷に満ちていて、見るものすべてが夢のように色づいています。あれ？　世界って、こんなに輝いてましたっけ。

ふわふわと、ご飯を食べて。ふわふわと、馬車に乗って。

その足取りのまま、私は学園に登校したのでした。

＊・＊・＊

お昼時間の鐘が鳴って。

私は「待ってました」と弾《はじ》けるように教室を出ると、図書室に向かいました。

王子様と素敵な夢を共有して有頂天となっている私は、授業の内容などまったく頭に入って来ず、今夜の添い寝のことばかり考えてしまいます。

「さあ〜て、どんな夢にしましょうか？　むふふっ」

でたらめに鼻歌を歌いながら。そして時々、夢の中の少年王子様にいただいた幻のアクアマリンを思い出して、掌を眺めながら……ニヤけ顔で本を漁っていた、その時です。

背後からこっそりと、不穏な者が近づいていたのでした。

ドオン！

私は不意に背中を突き飛ばされ、顔面から書棚《しょだな》に思い切り突っ込みました。ドドド、と雪崩《なだれ》落ちる大量の本と埃《ほこり》の中に、ちんまい私は完全に埋《う》もれました。

「ひ……ひぃっ!?」

「あ〜ら、ごめんなさい？」

謝罪とは思えない居丈高《いたけだか》な声が聞こえ、私が恐る恐る本を被《かぶ》ったまま見上げると、そこには上級生の綺麗どころの令嬢たちが五人ほど、ずらりと並んでいたのです。

あっ、アンディ王子殿下の取り巻き軍団です！

私は悪魔と対峙《たいじ》した時よりも、背中がゾッとしました。それぞれ個性がある美人が意地悪な顔で並ぶと、悪魔以上の迫力があるというものです。

「チビすぎて見えなかったわ」

「ほんと。貧相《ひんそう》な子供みたい」

「オタク」「不気味」

各々の悪口が綺麗に輪唱《りんしょう》して、私は苦笑いするしかありません。そんな反応が癪《しゃく》に障《さわ》るのか、中央で仁王立ちしている縦巻きロールのご令嬢は、厳しい口調で本題を突き付けました。

「あなた、聖女を騙《かた》ってアンディ様に付き纏《まと》っているようね？　落ちこぼれの癖に、どういうつもり？」

ああ、学園の噂とは恐ろしいものです。隠していても、こうして表沙汰《おもてざた》になってしまうのですから。

「えっと、その、守秘義務がありましてぇ……」

ゴニョゴニョする私の言葉など聞かずに、縦巻きロールさんは自説を被せます。

「姉が優秀だと、妹にもおこぼれがあるってことね。大聖女が立場を利用して身内を優遇《ゆうぐう》するなんて、聖女としてあるまじき行為だわ」

私は思いもよらぬ言いがかりに頭が真っ白になって、本の山から立ち上がりました。

「お、お姉様は関係ないです！　リフルお姉様の悪口はやめてください！」

反抗的な態度に縦巻きロールさんはカッとなって、ビンタを繰《く》り出そうと右手を振りかざしました。身長が二十センチは低いであろう私は抵抗の術《すべ》なく、頭を抱えて亀《かめ》のようにうずくまりましたが、そのビンタの手はさらに高い身長の手によって止められていました。

「アンディ様⁉」

いつの間にか取り巻き軍団の後ろにいたアンディ王子殿下が、ビンタを止めていたのです。ご令嬢たちは青ざめて、騒《ざわ》つきました。

王子様は冷えきったバイオレットの瞳でご令嬢たちを見回し、縦巻きロールさんを鋭く睨みました。

「何をしている？　令嬢にあるまじき野蛮《やばん》な行為だな」

「あ……これは……」

王子様の皮肉《ひにく》を受けて、縦巻きロールさんは何かが崩壊《ほうかい》するようにガクガクと震えました。

いつも求愛の声を響かせていたのに、こんな意地悪なお顔は王子様にお見せしたくなかったですよね……私は亀のポーズのまま同情しました。

ご令嬢方は一人、また一人とコソコソと図書室を出て行き、縦巻きロールさんも涙目で走って去りました。

残された私は、王子様の前で本と埃を被ったまま、呆然と佇みました。

「大丈夫か？　こうなるから、学園ではルナとは他人のふりをしてたんだけど」

「あ、そ、そうだったんですね」

アンディ王子殿下はご自分を囲むご令嬢たちの怖さを、ご存知だったようです。

そして畏れ多いことに、王子様は跪《ひざまず》いて私のスカートの埃を払ってくださいました。ひええ、なんたるジェントル！　さらに王子様は、私のちんまい脚にそっと触れました。

「怪我してる。血が出てるぞ」

「ち、血ぃ⁉」

〝血〟という言葉に弱い私は傷を見まいと仰け反って、王子様は倒れそうな背中を呆《あき》れて支えてくださいました。

「夢の中と外では別人だな。現実では何でそんなにショボいんだ？」

容赦《ようしゃ》のない素朴《そぼく》な疑問に、私は空笑《からわら》いするしかありませんでした。


ギギギ……。

王子様の取り巻き軍団より恐ろしいお顔で、リフルお姉様は歯軋《はぎし》りをしながら睨みをきかせております。

私は怪我《けが》をするとリフルお姉様に泣きつく習性《しゅうせい》があるので、アンディ王子殿下は私をお姉様のいる校舎へ連れて来てくださったのです。

お姉様は擦《す》り剥《む》いた私の膝に手を翳して、聖なる光で傷を癒してくださっています。

「あの、お姉様？　この怪我は王子様のせいではございませんよ？」

治癒しながら横目で殺気を飛ばすお姉様を私は宥めますが、王子様は責任を感じてらっしゃるのか、火に油を注ぎます。

「いや、俺のせいでルナは怪我をしたんだ。すまない」

お姉様はサファイアの瞳を獣《けもの》のようにギラつかせています。

「だから私は反対だったんです。大切な妹を宮廷に……ましてや、あなたに預《あず》けるなんて」

私は癒された膝を発光させながら、お二人の間であたふたとします。リフルお姉様はお強い。お姉様は不良だろうが王族だろうが怖いもの知らずで、やっぱりすごいのです。

こんな時までお姉様を尊敬してしまう私の隣で、アンディ王子殿下は深々と頭をお下げになりました。

「本当に申し訳なかった。今後、ルナをこんな目に遭《あ》わせないと約束する」

真摯《しんし》な謝罪にお姉様は「ふうん」と鼻息を吐いて納得し、私は「ひぃ」と縮《ちぢ》こまりました。不良の王子様が謝罪するだなんて、意外すぎたのです。

リフルお姉様がアンディ王子殿下を敵視《てきし》するのに、理由が三つあると私は知っています。

一つ、女性関係が乱れていること。（これは一方的にモテるせいですが）

二つ、私と添い寝していること。

三つ、お姉様のライバルであること、です。

優秀なリフルお姉様の成績順の、いつも上にアンディ王子殿下がいて、お姉様は学園でずっと二位の成績であるのを悔しがっておられるのです。「不良のくせに」というのがリフルお姉様の口癖でした。

私はそっとアンディ王子殿下を見上げます。

乳児の夢まで覚えている類稀《たぐいまれ》なる記憶力と、学園で首位《しゅい》を取る成績の優秀さ。王子様は不良のふりをして、頭脳明晰《ずのうめいせき》な方なのです。

王子様のだらしなく開けた襟元《えりもと》の色っぽさを、私はしみじみと眺めました。

夢ではあんなに可愛かったちびっこ王子様が、どうしてこんなにグレちゃったんでしょうね……。

「脚は大丈夫か？」

お姉様のいらっしゃる校舎から、王子様はなんと、私を教室まで送ってくださったのです。

「だだ、大丈夫ですよ！　お姉様の治癒力はお強いですから！　ほら、もう完治してます！」

地面を強く踏み鳴らして見せる私を、王子様は真顔で見下ろしてらっしゃいます。

王子様と私。ちぐはぐな二人が教室の前で立っているものですから、クラス中の生徒たちが廊下や教室の中から凝視《ぎょうし》しています。女子たちがキャアキャアと黄色い声を上げながらも、疑問の眼差しを私に向けているのがわかります。

「お、王子様？　もう教室に戻られた方が良いかと。私なんかと一緒にいたら、王子様に妙《みょう》な噂がたってしまいます……」

私の小声の提案は、王子様にあっさりと無視されました。

「俺が学園で関わらなければルナに害は及ばないと思っていたが、それは間違いだった。こんなに早く噂が回るとはな。今後はルナに手出しをする輩《やから》には、事前に俺が判《わか》らせる」

「え、ええっ？」

俺が判らせるって、なんでしょうか⁉　木刀《ぼくとう》を肩に担《かつ》いだ不良の王子様が浮かんで、私は格好良さと怖さの半々で引きつり笑いをしました。

「ぼ、暴力はいけませんよ？　それにもう、今日のことでご令嬢の先輩方も反省されたというか、落ち込んでらっしゃると思うので……その、明日からは優しい王子様に戻ってくださいね？」

王子様は少し驚かれた後、「ふん」と鼻で笑いました。

「俺は別に優しくないけど、ルナは優しいんだな」

「へ？」

「虐《いじ》めっ子の気持ちに同情して」

「え、あ、いやあ、だって……」

私はただ小心者で、負の感情に同調しやすいだけなのですが。優しいだなんて言われて、顔面が熱《ほて》ってしまいます。

「安心しろ。使うのは暴力ではなく権力だ。ルナは王命によって招致された聖女であると、周囲に真実を広めるだけだ。王の雇用者《こようしゃ》と聞けば、おいそれと手出しはできないだろう」

ひえっ、王族伝家の宝刀《ほうとう》、権力でございます！　暴力も権力も同じくらい怖い私は、へっぴり腰で廊下の柱にしがみついたのでした。

第三章 宮廷ミステリー

放課後。宮廷へ帰る馬車の中で、私はにやけが止まりませんでした。

本日からいよいよ、アンディ王子殿下が許可をくださった、宮廷の書庫への立ち入りが叶うのです！

「俺は剣の稽古があるから、ルナは先に宮廷に戻って書庫を自由に使ってくれ」

王子様はそうおっしゃって、宮廷の書庫への通行章をくださりました。王家の紋章《もんしょう》が小さなブローチになっています。権力に弱い私は特別な印籠《いんろう》を手にしたようで、妙に興奮しました。

宮廷に着くと早速、私は胸に付けた印籠を堂々と光らせながら、宮廷にある図書室の、さらに奥にある書庫へと向かったのでした。図書室の本は宮廷に出入りする方なら誰でも閲覧《えつらん》できますが、貴重な書物を保管している書庫には、この通行章がないと入れません！

しかし書庫を管理する司書のコナー・バビントン伯爵は、通行章を見ることなく、私をすんなりと通してくださいました。

「これは夢使いの聖女ルナ様！　クリフォード様からお話は伺っております。どうぞいらっしゃいました」

「どど、どうも〜」

コナーさんは穏やかで優しいオジ様ですが、私は大人の男性と会話をするのが苦手なので、意味なく挙動不審《きょどうふしん》になってしまいます。

しかし一歩書庫に踏み入れれば、その緊張を上回る圧倒的サイズの書棚の列が迎えてくれて、私のテンションは一気に爆上がりしました！

ありとあらゆる図鑑、図録……この書庫には他にも数え切れないほどの文学や数学や歴史の書がありますが、私は図鑑コーナーの棚に一目散に齧《かじ》りついて、ずらりと並ぶ背表紙に手を掛けたのでした。

「はあ、はあ、南島の貝殻《かいがら》と珊瑚《さんご》……はあっ、秘境の生物図鑑もある！」

いけません。これではまるで、変質者のような息遣《いきづか》い。だけど私は幼い頃から幾多《いくた》の図書館、図書室、自宅の書庫の隅々《すみずみ》まで漁ってきましたが、こんなに幅広く世界を網羅《もうら》した図鑑を見たことがなかったのです！

私は今朝方に王子様と見た、せせらぎの夢を思い出しました。二人で覗き見た、美しい虹色の川魚を。王子様にもっと沢山、綺麗なお魚を見てほしい……私は目標を定《さだ》めて頷くと、海洋図鑑を片っ端《かたっぱし》から開いたのでした。鱗《うろこ》一枚、ヒレ一枚、間違いのないよう、魚の細部を眼《まなこ》に焼き付けました。

あれから何時間が経《た》ったでしょうか。図鑑に没頭《ぼっとう》していた私は大きく伸びをして、広い書庫を見回しました。大きな棚の列の奥に、ふと……。何やらひっそりとした扉を見つけました。そこには護衛が一人、微動《びどう》だにせず立っていて、扉の向こうの部屋を守っているようです。

背後に気配を感じて振り返ると、本を抱えた司書のコナーさんが笑顔で立っていました。

「あの扉、気になりますよね？」

「え？　あ、はあ……」

コナーさんは声を潜《ひそ》めて説明してくださいます。

「あの扉の向こうもまた書庫なのですよ。でも、中に立ち入って書物を閲覧するには、また別の通行許可証が必要なんです」

「あ、そ、そうなんですか？」

「はい。実は私も権限を持っていませんので、いったい何の本が仕舞《しま》われているのか、ずっと気になっているんです」

司書も知らない秘密の本。しかも護衛を置いて守るだなんて、いったいどんな貴重な本でしょう？　異質《いしつ》な扉の存在が余計に大きく感じられます。

コナーさんは本好きらしい好奇心をうずうずとさせながら、さらに小声で耳打ちしました。

「なんでも、遥か昔に発禁《はっきん》となった、危険な魔術書などが保管されているとか」

「えっ⁉　ままま、魔術書⁉」

我がグレンナイト王国では昔、魔術が流行《はや》った時代があったそうです。誰を呪《のろ》いたいとか、くっつきたいとか、欲望のまま風紀《ふうき》を乱すとのことで禁止されて以降、国内で魔術書を見かけることはありません。そもそも殆どがおまじないみたいな物で、本物の魔術書だなんて眉唾《まゆつば》ものですが……。

「お、王国が厳重《げんじゅう》に保管しているなら、本物……ってことですよね？」

私は背筋をゾッとさせました。あの夢の悪魔を思い出したからです。

ひょっとして、扉の通行許可証を持つ王族や偉い人がその魔術書を使って、王子様を呪って苦しめているのでは？　いや、まさか。そんな……。

私は突如《とつじょ》、宮廷ミステリーの渦中《かちゅう》に放り込まれたようで、恐ろしくなりました。流行りの物語でも、王族間の権力争いや暗殺の展開は定番です。やはり宮廷というのは、恐ろしい場所なのです！

宮廷の闇に怯《おび》える私に、コナーさんは空気を読まず、本を差し出しました。

「ルナ様は海洋生物がお好きなようで。こちらの本もお勧めですよ！」

「巨大鮫《ざめ》の地獄……」

鮫に食い千切られながら逃げまどう怒涛《どとう》の海洋ホラーらしく。コナーさんの選書《せんしょ》はだいぶ癖《くせ》がお強いようです。

私は貸していただいた本の束《たば》を持って、ふらふらと自分のお部屋に戻ってきました。王子様はまだ、お稽古《けいこ》からお戻りになられていないようです。

お夕食をいただいた後、私はテーブルの上に図鑑を広げて、鞄からスケッチブックを取り出しました。図鑑で覚《おぼ》えた物の形を絵に描くと、より記憶が鮮明になるし、夢のアイデアもまとめやすいので、私はよく落書きみたいなスケッチをします。

が……私の頭は先ほどの宮廷ミステリーでいっぱいで、たびたび魚を描く筆を止めては、あらぬ推理をしてしまいます。

「魔術書を使って王子様を呪う可能性がある、王子様と確執《かくしつ》のある王族といったら……」

一つ、心当たりがあるのです。

それは……学園で以前から噂になっている、第一王子様との不仲説です。第二王子様であらせられるアンディ王子殿下には二つ年上のエヴァン王太子殿下がいらっしゃいますが、どうやら性格が正反対で不仲であるとか。あくまで噂ですが……。

「もしかして、エヴァン王太子殿下が、アンディ王子殿下に悪魔の呪いを？」

と。私が探偵ぶって邪《よこしま》な推理をしていると、侍女のサラさんがやって来て、別室に案内されることになりました。どうやら内密《ないみつ》で、私と面会を希望している方がいらっしゃるのだとか。はて。

人見知りの私は戸惑《とまど》ってしまいますが、偉い方からのお呼び出しを無視するわけにはいきません。

そうして向かった客室にはまさかのお方がいらして、私の不敬すぎる推理は打ち砕かれるのでした。

「おっ、おおお、お初にお目にかかりますぅ！」

客室で、私は慣れないカーテシーを深々としておりますが、両脚がガクガクとして崩壊寸前《ほうかいすんぜん》です。

「ルナ・マーリン伯爵令嬢。急にお呼び出しして申し訳ございません」

恐る恐る顔を上げると、そこには麗しい黒髪に澄《す》んだ碧眼《へきがん》の、エヴァン王太子殿下がいらっしゃいます！　私との面会を希望していらしたのは、まさかの第一王子様だったのです！

エヴァン王太子殿下は物静かな雰囲気ですが、やはりお顔はアンディ王子殿下と似てらっしゃって、とてもハンサムでございます。王太子殿下の澄んだ瞳には品格と誠実さが溢れていて、アンディ王子殿下の華やかな色っぽさとはまた違った魅力があり……と、見目《みめ》を称《たた》えている場合ではありません。ここは宮廷ミステリーですから！

緊張で身構える私に、エヴァン王太子殿下は憂《うれ》いを秘めた目で微笑みました。

うっ、なんてお優しい眼差《まなざ》しでしょうか。

「ルナ様は夢使いの聖女らしいですね」

「ル、ルナ様だなんて畏れ多いです！　わ、私など、よ、呼びつけにしてください！」

エヴァン王太子殿下はさらに笑顔になって頷きました。

「ルナさん。弟の悪夢を癒してくださってありがとうございます。この二日間、アンディは苦しみから解放されたように生き生きとしています」

「そ、それは良かったです」

「父も母もそれは喜んで……僕もこのままアンディがもと通りになってくれるんじゃないかと、希望を持っています」

「も、もと通り、ですか？」

　エヴァン王太子殿下は少し悲しげに続けました。

「昔のアンディは朗らかで優しい子で、僕とも仲良くしてくれました。でも、きっと悪夢のせいなのでしょう。いつしか両親にも僕にも心を閉ざしてしまって」

　つまり、グレてしまったということですよね。私も夢の中で別人のような少年王子様にお会いしましたから、よくわかります。

「アンディの悪夢はあらゆる医者や精神科医、はては怪しい呪い師や魔術師を名乗る者に診せても解決できませんでした。夢使いの聖女様。アンディの夢を癒せたのは、あなただけだったのです」

　私は先ほど、エヴァン王太子殿下に不敬な疑いを持ったことを後悔しました。お兄様であらせられる殿下の悲しみの深さと、縋るような希望がまざまざと伝わるからです。

「ルナさん。どうか今夜も弟をお願いします」

　エヴァン王太子殿下から畏れ多い懇願《こんがん》の意をいただいて、今、私は呆然と自室のお風呂に浸《つ》かっています。さっきの謁見《えっけん》がまるで幻だったみたいに。

「ミステリーは振り出しに戻る……」

　私の裸の独《ひと》り言に侍女のサラさんは小首を傾げましたが、やはりサラッと流してくれました。

　私の頭には二人の王子様が巡《めぐ》っています。自分で邪推《じゃすい》しておきながら何ですが、エヴァン王太子殿下がアンディ王子殿下を呪うだなんて、ありえない。それは王様も王妃様もきっと同じことで、みんな家族としてアンディ王子殿下を想《おも》っているのですから。それに王子様が他の誰かに憎まれるだなんて、それもありえない。だってあんなに無垢《むく》で愛らしい少年王子様をずっと苦しめるだなんて……いったい、どこぞの誰が、何のために？

私が気難しい顔のまま王子様のお部屋を訪ねると、アンディ王子殿下はベッドの上で明るく微笑んでいました。

「ルナ。しかめっ面してどうしたんだ？」

「あうっ、お、王子様！」

何度見ても、パジャマ姿の王子様は色っぽい！

王子様のお元気な笑顔にお会いできて、私は自分の使命を思い出しました。私は宮廷ミステリーの探偵なんかではなく、王子様の添い寝係であり、夢使いの聖女であると！　私の知識と感覚を総動員《そうどういん》して、王子様に夢をお楽しみいただくのが本来の務《つと》めであると……！

「王子様。今日は宮廷の書庫で得た知識のすべてをお見せしますよ」

私の珍しく自信のある声に、王子様は期待と好奇心に満ちて、悪戯っ子のように企《たくら》むお顔になりました。ふわわ、新しいお顔の発見です！

私がベッドに入ると、全身がジャスミンの良い香りに包まれました。

「ほわ〜、良い香り……」

「ルナが調合してくれたアロマを侍女に焚いてもらった」

これは癒されます。自分で調合しておきながら何ですが、ミステリーも疑心暗鬼《ぎしんあんき》もすべて忘れて、眉間のシワが消えていきます。リラックスした私は、王子様と自然に手を繋ぎました。

こうして、三日目の添い寝の夜が始まったのです。


「わあぁ……」

王子様のお年頃は十歳くらいでしょうか。

前回の少年王子様からさらに身長が伸びて、私の肩ほどの高さにお顔があります。健やかに成長されましたね。手脚がしなやかに長く、顔つきはすでに美麗な色っぽさを携《たずさ》えて、アンディ王子殿下は夢に現れました。繊細な美しさの中に、凛とした男の子らしい眼差しが煌めいています。尊い……。何故、王子様は夢の中で年齢を重ねて見せてくれるのでしょう？　私へのサービスなのでしょうか？

私は書庫の海洋図鑑から得たイメージの集大成《しゅうたいせい》を駆使《くし》して、海中で魚が回遊《かいゆう》する景色を展開しました。魚の造形はもちろんのこと、珊瑚だって貝だって、寸分違《すんぶんたが》わぬ再現をしてみせます。見たことのない景色を夢で構築する時こそ、夢使いの想像力の見せ所ですから！

「すごい、ルナ！　本当に海の中だ！　僕は今、水中にいる！」

少年王子様は頭上を泳ぐ魚の群れを、指で追いかけながら鑑賞しています。

「あれは熱帯地域に生息する、海藻と共生する魚だ！　あれは成長して名を変える出世魚。時速を保って泳ぎ続けて群れで行動するんだって」

少年王子様の、なんと真っ直ぐで利発《りはつ》なこと。ご自分で得た知識を夢中で照らし合わせています。その好奇心の輝きは海の世界より美しく……。

「王子様は沢山ご本を読んで、お勉強されていますね？」

「うん。僕は読書を通じて世界を想像するのが好きなんだ」

「ご立派でございますね。ルナは嬉しゅうございます」

利発な少年の眩しい横顔を、私めが爺《じい》やの気持ちで見つめていると、王子様は少し悲しい顔で私を振り返りました。バイオレットの瞳が揺れています。

「だけど僕は、もうすぐ僕ではなくなってしまうんだ」

「え？」

私は言葉の意味がわからずに、腰を屈めて少年王子様のお顔を覗きました。

「ねえ、ルナ。あなたは僕を忘れないでいてくれる？」

その言葉はまるで別れの言葉のようで、私は堪《こら》えきれずに少年王子様をそっと抱き寄せました。

「何故そのようなことを？　いったい、誰が王子様にそんなことを言ったのです？」

「わからない。僕はいつの間にか、そうなると知っていたんだ。僕は大人には、なれないんだって」

私は悲しい言葉ごと少年王子様を自分の体にギュッと抱き寄せて、王子様の視界を外の景色から遮《さえぎ》りました。

何故なら、海底の向こうから大きな悪魔の黒い影が、にやけた目をギラギラとさせながら、こちらに向かって歩いて来ていたからです。獲物《えもの》を見つけたとばかりに、王子様を脅かすようにゆっくりと。

「しつこい！　このストーカー悪魔野郎‼」

私の怒りは頂点に達しました。こんなに純粋で利発な少年に、あんな悲しい言葉を言わせるなどと、悪魔め地獄に墜《お》ちるがいい。

私は手を広げて海中に無数の鮫を出現させると、悪魔の黒い影を食い破り、食い千切り、景色から消滅《しょうめつ》するまで、ちりぢりにしてやりました。悪魔がサメを掴《つか》んで暴れ狂う姿が見えますが、無駄な抵抗です。私は思わず吠《ほ》えました。

「夢使いは夢の中で最強なのだ！　舐《な》めるなよ！」

悪魔の悲鳴に混ざって、少年王子様が私のお腹に抱きついたまま笑っています。

「ルナ！　強くて格好いい！　頼もしいルナが好きだ！」

「ルナが好きだ」「好きだ」……。

少年王子様の貴重な台詞がリフレインして、私は目を覚ましました。

横を向くと、現実のアンディ王子殿下もこちらを向いていました。楽しげな笑みを浮かべています。

「あれを食い千切るとは。爽快《そうかい》だな、ルナ」

現実の王子様にお褒めのお言葉をいただいて、私は舞い上がりました。まるで二人きりで秘密の海洋冒険をしたような、スリルと充実感！　コナーさんがお勧めしてくださった鮫のご本が役立ちました。

しかし、鮫に喰われてちりぢりになった悪魔は本当に消え去ったのでしょうか？　いいえ。悪魔が消滅したとは思えません。毎夜夢から消しても消しても現れるのですから、あれは新しい晩に毎度復活して現れるのでしょう。だけど私は、王子様のためなら何度だって、悪魔を消してみせます。

私が一人で凛々《りり》しい顔を決めているうちに、王子様の朝のお支度《したく》が始まりました。

「あれ？　制服じゃない？」

私はお部屋から退室するのも忘れて、用意された煌びやかな王子様の服に見惚れました。

「ああ。今日、俺は学校を休んで公務《こうむ》を熟《こな》す。謁見と昼食会と夕食会と……予定でいっぱいなんだ」

「ええ〜、欠席ですかぁ？」

王子様のいない学園はまるで灰色みたいで、私はつい、心の不満を声に出してしまいました。

王子様は学生とはいえ公務もあるのですから、大変なご身分なのです。

＊・＊・＊

王子様のいない学園はやはり、味気ないものでした。

これまで私はアンディ王子殿下とはまったく無縁《むえん》の生徒だったくせに、まるで旨味《うまみ》を覚えた犬のように、無意識に王子様の姿を探して校舎を徘徊してしまいます。あの巻き髪の取り巻き軍団も、今日は暇を持て余しているのでしょう。愛の囀りが封印《ふういん》されて、つまらなそうにお庭のベンチでダラけていました。


「ルナ！」

リフルお姉様はいつにも増して生き生きとしています。王子様がお休みだからでしょうか。私は休み時間を利用して、宮廷での豪華な待遇についてあれこれとお喋りしました。お姉様は私が美味しい物をたらふく食べて肌艶《はだつや》が良くなっているので、ご満悦《まんえつ》なお顔です。

「王国がルナを貴重な聖女であると認めたのね。まあ、ルナがすごい子だなんて、私はずっと知っていたけどね」

鼻高々なお姉様に、私は宮廷のミステリーについてお話しできませんでした。王子様が誰かに呪われているかもなんて、不穏すぎて誰にも言えません。

お姉様は宮廷の話題から、心配事を思い出したようです。

「そういえば、王妃様はお元気かしら。ここ何ヶ月も、床に伏せてらして……」

「えっ？　王妃様はご病気なのですか？」

「いいえ。どこも悪くはないのよ。ただ、お疲れのご様子なの。公務がお忙しいのかしら」

そういえば、王妃様は国民の前にもしばらくお姿を見せていませんでした。アンディ王子殿下からも王妃様の体調について伺っていませんでしたし。なんだかミステリーに不穏さが増したような気がして、私は青くなりました。


予鈴の鐘が鳴ってリフルお姉様が校舎に戻られても、私はその場から動けず、裏庭の芝生の上でしばらく佇みました。

「王子様が悪魔に狙われ、王妃様も床に伏せてらっしゃる。誰かが王室を陥《おとしい》れようとしている？」

私はまたもや探偵のように小難しい顔になって、芝生の上に寝転がりました。もうすぐ授業が始まりますが、私は宮廷に……いえ。このグレンナイト王国によからぬ災《わざわ》いが迫っているような不気味な予感に支配されて、授業どころではなかったのです。


「ふがっ……」

なんてことでしょう。寝転がって空を睨んでいるうちに、私は意図せずに寝落ちしてしまったのでした。


「ほぎゃあ、ほぎゃあ」

悲しげな赤ちゃんの泣き声です。

涙でぼやけた高い天井には、美しいシャンデリアがありました。

あら？　私は赤ちゃんになっているようです。これはいったい、何の夢でしょう？　芝生の上で居眠りした私は夢を見るつもりがなかったので、自分で作った明晰夢ではありません。

私が赤ちゃんらしく泣いている間、離れた場所からは大人たちの声が聞こえます。激しく叫んでいる女性と、それを慰める男性。だけど私は赤ちゃんなので、言語が理解できないまま。意味不明な会話の横で、ただただ悲しく泣くしかありませんでした。なぜ、こんなにも悲しいのでしょうか。


「ほぎゃっ……」

私は泣き声を発しながら、現実に目を覚ましました。

自分の声に驚いて芝生から飛び起きて、周囲を見回します。学園はとっくに授業が始まって、校舎は静まり返っています。私は目立たない生徒とはいえ、授業をサボってしまったのは初めてのことなので焦りましたが、それよりも、今見た不可解《ふかかい》な夢が気になります。

「私が赤ちゃんに？　でも、あの天井は見たことがないような」

夢はたいてい、見たことのある風景や知っている場所が出てきます。が、あの豪華な天井は我が家のものではありませんし、そもそも私は赤ちゃんの頃の記憶なんてありません。知らない景色のわりにはやけにリアルな夢でした。しかも私の顔は涙と鼻水でまみれていて、夢を見ながら号泣していたのがわかります。

「難しい推理をしすぎて、脳が赤ちゃん戻りしちゃったとか？」

だとしたらバカバカしいお話ですが、私はこの夢がただの意味のない夢とは思えずに、暗示《あんじ》めいた予感を覚えたのでした。

＊・＊・＊

昼間の夢が何だったのかわからないまま、シリアスな顔で宮廷に帰宅した私は、宮廷内の雰囲気がいつもと違うことに気づきました。

外には沢山の馬車が並び、沢山の偉い貴族の方々が宮廷にやって来たのです。廊下はメイドの行列が料理や飲料を粛々と運び、大広間で夕食会が開かれているようでした。

自室に戻ると、侍女のサラさんが理由を教えてくださったので、私は椅子から転げ落ちました。

「え⁉　アンディ王子殿下の、お誕生日会⁉」

今日が王子様のお誕生日だったなんて、初耳です！

「えっ、きょ、今日って……本当に⁉」

私は動揺から立ち上がれません。お誕生日だと知っていたら、前もってプレゼントをご用意したのに！　っていうか、我が国の第二王子様の、あんなに色っぽくて尊いお方のお誕生日なのに、随分《ずいぶん》と地味なお祝いでは？

「も、もっと国民全体で盛大に祝うべきでは⁉」

「王様のご意向で、毎年ご家族と近しい方々だけお呼びしているんですよ」

「そ、そうなんですね。ささやかですね……」

「今日は王妃様がお久しぶりに夕食会にご参加されたので、王様もお喜びのご様子でした」

床に伏せていた王妃様がご出席できたのは良かったですが、私は何だか附《ふ》に落ちませんでした。

お誕生日って数日前からワクワクするものなのに、王子様は一言もおっしゃっていませんでした。グレてるせいなのか、ご自身のお祝いに無関心すぎませんかね。

サラさんが合図をして、メイドがカートを押して入って来ました。いつもより多いお皿が載っています。

「ということで、本日のお夕食は王子様のお誕生日会仕様となっております！」

突如現れた華やかなご馳走《ちそう》の山に、私の探偵脳は無邪気《むじゃき》にスパークしたのでした。

「わあ〜、やった〜！」

「はあ……まるで天国の雲みたい……」

美味しいご馳走で蕩《とろ》けた私はメレンゲのお菓子を口に含んで、だらしのない格好のまま、ソファに寝転んでいました。就寝の時間が近い深夜だというのに、お誕生日会のお菓子を食べる手が止まりません。流石の宮廷、一流パティシエでございます！

王子様のお誕生日会は、そろそろお開きでしょうか？　私は小難しい推理や予感はひとまず置いといて、今夜見る夢の企画を考えました。

「王子様のお誕生日ですからね。ここは予定を変更して、思い切り派手な夢にしましょう」

バルーンやらテディベアやら、紙吹雪やら。スケッチブックにめでたい絵を描き散らします。

王子様の驚くお顔を想像してにやにやしていると、固いノックの音がして、私は現実に引き戻されました。

「夢使いの聖女ルナ様」

あのお堅いお声は、王子様の側近クリフさんです。

「は～い」

スケッチブックを置いて、お菓子を手にしたまま上機嫌で扉を開けた私は、目前に立ちはだかった予想外の景色に凍りつきました。

クリフさんはいつもの業務スマイルが消えた厳しい真顔で立ち、その上、物々しい甲冑《かっちゅう》の騎士を二名も後ろに連れているではないですか！

「えっっ⁉」

すわ逮捕、投獄《とうごく》！　というワードが浮かびました。確かに私は探偵ぶって不敬な推理をしたり、だらしなく深夜にお菓子を食べたりしたけれど、そんなに悪いことはしていないはずです！

私は持っていたお菓子を慌てて背中に隠して、背筋を伸ばしました。

「あ、あの、な、何ごとでしょうか⁉」

ビビりまくる私に、クリフさんはやはり真顔のまま事務的に応えました。

「今晩の添い寝には、室内に騎士の護衛を置かせていただきます」

「え⁉　な、何故です⁉　私は、な、何も悪いことなど……」

「ルナ様におかれましてはこの数日、アンディ王子殿下に安らかな眠りを与えてくださり感謝致しますと、王様と王妃様から言伝を承《うけたまわ》っております」

まるで今日、何かが突然終わってしまうような重い空気の中で、私の膝は震えました。

そんな私にクリフさんは構わず説明を続けます。

「今晩、アンディ王子殿下はお誕生日を迎えて、十八歳の成人になられます。おそらく、夢使いの聖女様のお仕事は今日が最後になると思いますので」

私の中で、少年王子様が悲しげにおっしゃっていた言葉が浮かびました。

〝僕は大人には、なれないんだって〟

第四章 大聖女のご乱心

いつものネグリジェの私と、いつもの色っぽいパジャマ姿のアンディ王子殿下。

だけど寝室はいつもと違って、扉の左右に騎士が大きな剣を携《たずさ》えて立っているのでした。

私はバカでか枕を丁寧《ていねい》に何度も整えて。仰向けで頭を置きましたが、物々しい緊張に耐えられず体が小刻みに震えていました。お誕生日にハッピーな夢を見ようと企画していたのに、どうしてこんな夜になってしまったのでしょうか。断片《だんぺん》的な情報しか与えてくれないクリフさんの、何かを諦《あきら》めたような、思考を停止したような目が忘れられません。

「ルナ」

優しいお声が隣から聞こえて、私はアンディ王子殿下を振り向きました。王子様のバイオレットの瞳は温かな光を宿して、こちらを見つめています。

「おやすみ」

どうして、今夜に限ってそのようなご挨拶をなさるのでしょうか。

何故、そんなに優しいお声なのでしょうか。

口を開けたら泣き出してしまいそうで、私は「お誕生日おめでとうございます」が言えないまま、おやすみの挨拶さえも返すことができませんでした。王子様が握っている手に力を入れたので、私はそれを握り返すので精一杯だったのです。


美しい黄金色の丘で、私たちは夕陽を眺めています。

王都が一望できるこの丘から、自分たちの世界を俯瞰《ふかん》して見たかったのかもしれません。

夢の中で隣に座るアンディ王子殿下は、十四歳くらいでしょうか。不良のように襟を開けて、だらしなくネクタイを緩《ゆる》めて。風で靡く金色の髪に、気怠いバイオレットの瞳。ああ。思春期の頃から、あなたはグレてらしたのですね。

「バカバカしい。勉学に励《はげ》み、品性高潔《ひんせいこうけつ》で尊敬される王子であれってさ」

思春期のアンディ王子殿下は不貞腐れて王都を見下ろしています。

「どうせ今日で全部終わるのに。親が隠してたって、俺は知ってるんだ」

「王様や王妃様が隠してらっしゃることを、何故王子様はご存知なのですか？」

「さあね。もうどうでもいいだろ？」

思春期の王子様は芝生に寝転ぶと、空を見上げました。

「成人の日に俺の体は悪魔に乗っ取られる。そうして目覚めた朝に騎士に首を刎《は》ねられて、すべては終わるんだ」

私はギュッと唇を噛みしめました。

「そんな……そんなことは……」

「最初から決まってたんだよ。ルナ」

まるで私を慰めるような生意気な顔を、私はグイと自分の胸に抱き寄せました。抱き上げるには、大きく成長されましたね。

力なく抱かれていた思春期のアンディ王子殿下は、途中から目を丸くして私を見上げました。

「え？　ルナ、大きくなってる？」

「ええ。これは夢ですから」

私の体はグングンと大きくなって、王子様を抱きかかえたまま、巨人になっていきました。木よりも、家よりも、もっと高く。

「私のお姉様は、その治癒力の偉大《いだい》さから大聖女と呼ばれます。私はそれに憧れているので、物理的に大きくなってみます」

清らかな聖女の衣装を纏い、私は天を衝《つ》くようにさらに巨大化していきます。思春期の王子様はもう、赤ちゃんのように小さいです。

「記憶力に優れた人は稀に、乳児や胎児の頃の記憶があるらしいです。王子様はご自分でも気づかぬうちに、知るはずのない話を耳にしていらしたのでしょう」

王子様を抱えたまま大聖女になった私の周りの景色は、王城の室内に変わりました。

薄暗い部屋にある揺り籠《かご》には、赤ちゃんのアンディ王子殿下が眠っていて、カーテンの向こうには豪華な寝室があり、王様と王妃様がいらっしゃいます。

　これは王子様が赤ちゃんの頃に、現実で記憶した場面です。

　やはり私が居眠りで見た夢は、意味のない夢ではありませんでした。赤ちゃん王子様からの、私へのメッセージだったのかもしれません。

「いやぁぁぁ！」

　カーテンの向こうの王妃様は、悲痛な叫び声を上げました。そのお声に王様もまた、酷く苦悩されているご様子でした。

「私たちの子が……アンディ王子が悪魔に捧げられるというのですか⁉」

「この子が成人するその日に、体を明け渡すと契約しているのだ」

「そ、そんな恐ろしい契約を何故⁉」

　王様は王妃様の肩に手を置いて、苦しみで震える声を律《りっ》して続けました。

「百年前。其方《そなた》も知っているだろう？　このグレンナイト王国が大飢饉《だいききん》と戦争によって、廃国《はいこく》の危機に陥ったことを」

「もちろんです。当時の王の手腕によって奇跡的に切り抜けたと」

　王様は悲しげに首を振ります。

「違う。あの時、先々代の王は悪魔と取引をしたのだ。出所《でどころ》もわからぬ怪しい魔術書を開いて、卑《いや》しい悪魔に縋ったのだ。百年後に生まれる王子の体と引き替えに、この国を助けてくれと」

「そんな……」

「その後、奇跡的に大雨が続き、氾濫した河川によって敵国の軍隊が壊滅した。これはきっと悪魔の所業《しょぎょう》だったのだ」

王妃様は床にへたり込み、泣き伏せました。

揺り籠で眠っていた赤ちゃんのアンディ王子殿下も、空気を察して泣き叫びました。

「ほぎゃあ、ほぎゃあ……」

「おお……アンディ王子よ、許して……許して頂戴」

赤ちゃん王子様の悲しい泣き声がフェードアウトして、王城の景色は消えていきました。


私の腕の中で一連の場面を俯瞰していた思春期の王子様は、私を見上げました。

「ぼんやり記憶にあった会話はこれだったんだな。だから俺はなんとなく、結末を知っていたわけだ」

「王子様の記憶力が優れるあまり、覚えてらしたのですよ。恐ろしい未来や夢をすべて記憶されていて、お辛かったですね」

思春期の王子様は私の労りにキョトンとした顔をすると、寛《くつろ》ぐように力を抜いて私の腕に寄り掛かりました。

「ははは。なんか、このまま抱っこされて終わるならそれでいい気がしてきたよ。思ってたより寂しい最後じゃないっていうか。笑えるな」

「ふふふ。本当に笑えるのは、この後ですから」

私はすでに立派な王城と並ぶほど巨大な大聖女となって、小さな王子様を抱えたまま、王都の真ん中に聳え立ったのでした。

　王都の中に立つ私たちの頭上の青空は曇天《どんてん》となり、雲の穴から巨大な黒い悪魔が降りてきました。大聖女の私と同じくらいの大きさです。やはり、こやつは何度でも蘇る。人の夢に巣食う不死身の悪魔なのでしょう。

　ズウン、と家々を潰《つぶ》して地上に降り立つと、悪魔はギラギラとした目をして、真っ赤な口内を見せて笑いました。いよいよ増幅した欲望を露《あら》わに、王子様を凝視しながら舌舐めずりしています。まるでご馳走を見るような、血走った卑しい目。王子様に対し、そのような無礼な態度はこの大聖女が許しません。

　私は思春期のアンディ王子殿下をそっと自分の胸元に収めて、片手に巨大なハンマーを出現させました。

「バカでかすぎるだろ。モグラ叩きかよ」

　滑稽な武器に王子様は呆れていますが、ハンマーじゃないとダメなのですよ。

「悪魔というのは大抵、魔術書の紙から出てくるのです。だから紙に戻す。それだけです」

　王子様を掴《つか》み取ろうと両手を突き出した悪魔の側頭部を、私はバカでかハンマーでフルスイングしました。バシャッ！　と音を立てて王城に叩きつけられた悪魔を、今度は上から、横から、何度も殴打します。

　ドゴン、ドオン！　ドオン！

　執拗《しつよう》に振り落とされるハンマーによって、立体的だった悪魔はだんだんと薄く伸ばされて、ひしゃげていきます。同時に王城はへし折れ、足元の王都も粉々になっていきますが、夢ですから。問題ありません。

「夢使いは夢の中で最強。私は言いましたよね？　お前の戦場がここである限り、お前は私に勝てないのだ！」

大聖女の私はきっと、悪魔よりも恐ろしい顔をしているでしょう。紙よりも薄くなった悪魔を際限なく地面に叩きつけて、轟音《ごうおん》の中、胸元の王子様が大笑いしているのが聞こえます。

「ルナ！　お前は本当に面白い奴だな！　そういうブチ切れてるところ、最高に好きだぞ！」


有り難きお言葉です。


「最高に好きだぞ」「好きだぞ」……。

思春期のアンディ王子殿下の貴重な台詞をリフレインさせて、私は目覚めました。

朝日の中、手を繋いで眠っていたはずの私は、現実のアンディ王子殿下の胸にしっかりと抱かれています。おかしいですね。夢では私が抱っこしていたのに。

王子様のバイオレットの瞳がゆっくり開かれて、私は確信しました。

「ああ。王子様のままでいらっしゃる」

私は即座に体を起こすと、後ろを振り返りました。

騎士の二名がベッドの際から王子様の首を落とそうと、剣を振りかぶっていたのです。私は片手で王子様を庇《かば》い、さらに片手でバカでか枕の下から一枚の紙を取り出しました。

「控《ひか》えなさい！　このお体の中身はアンディ王子殿下であらせられる！」

騎士たちはビクッ、と体を揺らしました。

目前に翳された紙には、小人サイズの黒い悪魔が、ひしゃげた格好でこびり付いています。

「この通り、悪魔は夢からここへ封印した！」

魚拓《ぎょたく》のような紙を凝視した騎士たちは、動揺して剣を下ろしました。

アンディ王子殿下は体を起こして、騎士たちに優しい笑顔を見せました。

「護衛の任務ご苦労だった。俺の悪夢は終わった。夢使いの大聖女によって、悪魔は祓《はら》われたのだ」

凛とした言葉に騎士たちは力が抜けて、声を震わせました。

「アンディ王子殿下……よくぞご無事で」

大切な王子様を斬《き》らずにすんで、一番安堵したのは騎士たちだったようです。

こうして私は、夢の中の悪魔を現実の紙に叩き込んで封印するという、いちかばちかの賭けに勝ったのでした。

それからは大変でした。

王様と王妃様と王室の偉《えら》い方々が、アンディ王子殿下がご無事に成人されたと泣いて、祝福して。

私はネグリジェのまま立ち尽くし、大騒ぎの様子を傍観《ぼうかん》していましたが、駆け寄って来た側近のクリフさんは無言のまま、私の両手を握りました。普段の業務用のお顔とはまるで別人のような、号泣してくしゃくしゃになったお顔です。

沢山の人に囲まれるアンディ王子殿下のもとに、エヴァン王太子殿下がそっと歩み寄りました。

二人はしばらく互いに見つめあい、紡ぎ出せない言葉を噛み締めたまま、固く抱き合いました。

王を継《つ》ぐ王子と、悪魔に捧《ささ》げられた王子と。二人の間にあった互いを隔《へだ》てる溝《みぞ》が今日、消えてなくなったのだとわかった時に、私の目と鼻からドバドバと、水が流れ落ちたのでした。

＊・＊・＊

「ルナ。大丈夫か？」

朝の騒動から、王子様と会話をしたのは久しぶりな気がします。

私はというと、お恥ずかしながらネグリジェにガウンという軽装すぎる格好のまま、錚々《そうそう》たる王族の方々からお礼を言われて。こんなに沢山感謝されたのは生まれて初めてのことだったので、頭がショートしてしまいました。しかも王様と王妃様まで。王妃様はアンディ王子殿下をご心配するあまり床に伏せていましたが、笑顔が戻られて私の手をギュッと握ってくださいました。アンディ王子殿下にそっくりな、高貴で美しい王妃様からの「あなたは王子と王国を救ってくださいました」という輝かしいお言葉が、脳内でずっと鳴り響いています。現実でこんなに有り難いお言葉をいただけるなんて、まるで夢のようです。

「ルナ。惚けているところ悪いんだが……」

王子様は言いにくそうに、部屋の隅を指しました。そこには物々しく甲冑で武装した兵士たちが、テーブルの上の紙を囲んで護衛しています。その紙とは、あの悪魔が貼りついた魚拓です。

「あの干物みたいなやつを適切な保管場所に移さなければならない。会議の結果、夢使いの聖女に同行を願うことになった」

ええ。封印されているとはいえ悪魔が貼りついているのですから、ばっちいと言うか、やっぱり不安ですよね。

「もちろん、同行しますよ！　どこに保管するのですか⁉」

どこもなにも、それは見覚えのある場所でした。

私とアンディ王子殿下と側近のクリフさんと。それから偉い大臣の方々と大勢の護衛を引き連れて、物々しい集団は書庫にやってきました。司書のコナーさんは何事かと壁に張りついています。

そう。保管場所とは、あの書庫の奥にある扉の向こう……一部の王族しか立ち入ることができない、魔術書がある部屋です。

権限を持つ大臣が鍵を開けていざ、中に立ち入りました。

窓のない小さな部屋は書棚に囲まれていますが……特別変わったことはなく、平凡な内容に私は拍子抜けしました。さらに奥に進むと、壁に埋め込まれた金庫があり、大臣はさらに鍵を使って扉を開けました。この金庫は特殊な鋼《はがね》でできていて、爆発が起きても破れないのだそうです。

「ルナ。悪魔の魚拓を」

王子様に促されて、私は持っていた魚拓を表彰状のように掲げながら、金庫に近づきました。中には一冊の重厚な本が置かれています。

これが魔術書……黒い革に金色の罫《けい》で飾られた豪華な装丁《そうてい》の、しかし重々しい空気を纏った本は、異質の存在を持ってそこにありました。

後ろから覗き込んでいるクリフさんはお顔を顰《しか》めてハンカチをお口に当てています。

「これが先々代の王が契約を交わしたという魔術書ですか？　本から悪魔が出てくるなんて信じられませんが……」

鍵を開ける係の大臣はずっと青い顔で黙っていましたが、震える声で説明しました。

「先々代から王様に伝えられた内容によると、悪魔を呼ぶには契約主の血で魔法陣を描くのだとか。さらに契約を成就《じょうじゅ》するには、願いに相当する生贄《いけにえ》が必要になると……」

途中でアンディ王子殿下と目が合った大臣は「うっ」と言葉を詰まらせ、目を逸らして続けます。

「悪魔は対価《たいか》となる生贄を得ると納得し、魔法陣の向こうに帰るそうですが……今回はルナ様のお力によって、強制的にこの世界から締め出されたようですね。こんな現象は世界でも例がないと思います」

王子様は「ふっ」と笑いました。

「ルナの夢使いの力は世界の規格外《きかくがい》ということだな」

私の頭を王子様がぽふぽふと撫でたので、私は最高潮《さいこうちょう》にニヤけました。

悪魔の魚拓は魔術書の隣に置かれて、重い金庫の扉は閉められました。

もう二度と、こんな魔術書を使う未来が来ませんようにと、その場にいた全員が心の中で祈ったのでした。

＊・＊・＊

それから数日後。うららかな学園の裏庭で。

「ムッ！　ムッ！　ムグ！」

私はランチボックスを抱え込んで、サンドイッチをこれでもかと口に詰め込みました。私の大好きな、ふわふわの卵、ハムにピクルス！　好物だらけのサンドイッチです。

隣に座るリフルお姉様は、嬉しそうに私の口をナプキンで拭いてくださいます。

「こらこら、ルナ？　そんなに詰め込んだら咽《む》せてしまいますよ？」

「ふぁっれ、ほいひいっれ」

私はゴクンと飲み込んで、瞳を輝かせました。

「お姉様が作ってくださった、久しぶりのランチボックスですもの！　美味しくて、嬉しくて！」

私とお姉様は学園の裏庭で、姉妹の仲良しランチに興じておりました。互いに忙しい日々が続いて、このような時間はしばらくぶりです。

「ルナは本当にすごい子だわ。一流の、世界一の夢使いだわ」

怒涛の褒め言葉に私はご満悦《まんえつ》です。お姉様は悪魔退治についてひと通りの報告を聞き、感嘆《かんたん》で身震いしてらっしゃいます。

「人の夢に取り憑《つ》いた悪魔を叩き潰して、現実の紙に封印するなんて……すごい発想だわ」

「スケッチブックから破り取った紙を、咄嗟に枕の下に仕込んで眠ったのです。お姉様が昔、私に作ってくださった押し花の栞《しおり》がヒントになりましたよ？」

「まぁ～、なんて素敵なの！」

本当は巨大化して無慈悲《むじひ》に暴れる大聖女のイメージも豪胆なお姉様がヒントになっているのですが、これは黙っておきました。

お姉様は溜まった妹愛を発散するように、私を抱きしめてグリグリと頭を撫でてくださります。

うふふ、うへへ、と二人で笑い合ううちに、後ろに誰かの気配がしました。

振り返って見ると、そこにはアンディ王子殿下が佇んでらっしゃいました。

相変わらず不良風に着崩した制服姿で、色っぽくございます。王子様は中庭を訪《おとず》れたものの、密度の高い姉妹愛を目の当たりにして、なかなかお声掛けができなかったようです。

「あら。アンディ王子。何かご用かしら？」

お姉様の塩対応に王子様は苦笑いして、紙袋から可愛くラッピングされた小さなタルトを取り出すと、一つずつ私たちにくださいました。

「宮廷のシェフが聖女様のお二人に召し上がっていただきたいと。季節の果物のタルトです」

「あ、あら。まあぁ」

甘い物に目がないお姉様は急に絆《ほだ》されました。

ラッピングを解《と》こうとしているうちに校舎の方から教師に呼ばれて、お姉様はタルトを持ったまま立ち上がりました。

「いけない。実習に行かなければ。ルナ？　この男に変なことをされたら、すぐに私に言うのですよ？」

最後に念押しをして、お姉様は校舎へ走って行かれました。

アンディ王子殿下はそれを見届けて、やっと私の隣に座りました。

「は～、悪魔より怖いな。ルナのお姉様は」

「うふふ。最強の大聖女様ですから」

アンディ王子殿下はゴロンと芝生に寝転んで、私の膝の上に頭を乗せました。膝枕から、私がタルトを頬張っている顔を見上げています。

「こんなこと、お姉様の前じゃできないなぁ」

私はちびっこ王子様を思い出して微笑ましくなり、さらさらと金色の髪を撫でました。

「ハーレムはどうされたのです？」

「纏わりつくなと怒鳴ったら散った」

「こ、こわぁ。不良ですね」

「昼寝の邪魔だ。まだ夢使いの任務は続いてるだろ？」

おっしゃる通り。魚拓の封印を以《もっ》て王子様のお祓いは済みましたが、再び悪魔が現れないか疑《ぎ》心暗鬼《しんあんき》の王様は、夢使いによる王子様の夢の監視を引き続き義務づけられたのです。

おかげで私は変わらず宮廷の豪華な生活を享受《きょうじゅ》できる上に、王子様の添い寝係も継続《けいぞく》しているのです。

「ふへへっ……役得ですねぇ」

「キモい笑い方だな……」

私が芝生にゴロンと寝転ぶと、王子様はその横で私に密着して寝転びました。はて。いつからこんなに甘えん坊になったのでしょう？

「一つ聞きたいのですが。王子様は何故、夢の中でいろんな年齢で登場したのですか？」

「さぁ。それぞれの年の頃に、ルナに会いたかったからだろ」

あっさりと、嬉しいことを言ってくれます。

さて。今日はどんな夢を見ましょうか？
もう悪魔の邪魔もありませんからね。
二人きりで。二人だけの世界で。存分に夢の世界を楽しみましょう。
大好きな大好きな、王子様と一緒に……。

閑話　夢使いの侍女

「ふおお、美味しい！」

私はいつものお夕食の時間に、お部屋で宮廷のお料理を堪能《たんのう》しながら声を上げてしまいました。

もちろん、我がマーリン伯爵家でテーブルマナーを習って育ちましたから、お食事中に大声なんてお行儀が悪いのはわかっていますよ？　だけど、マナーを突き破るほどの美味しさが宮廷にはあるのです！

「は～、この素晴らしいお料理はいったい、どこでどなたが作ってらっしゃるんでしょうねえ」

私の独り言に、お食事のお世話をしてくださっている侍女のサラさんは教えてくださいました。

「コックたちが宮廷の厨房《ちゆうぼう》で作っています。料理長をこちらにお呼びしましょうか？」

「あ、いえいえいえ！　私なんかが呼びつけるだなんて申し訳ないです！　自分から出向いてお礼を述べたいくらいで……」

侍女のサラさんは私の胸に着いている紋章のバッチを指しました。

「ルナ様が着けていらっしゃるその通行章は、宮廷の殆どの場所に立ち入りが可能です。もちろん、厨房も出入りできますよ」

「へ!?　そうなんですか!?」

私はてっきり、王子様がくださったこのバッチは書庫専用の通行章だと思っていました。宮廷の殆どの場所に入れるだなんて、聞き捨てなりません……私はさらなる権力を得て、悪代官のような笑みが出てしまいました。こんな顔の聖女でも、サラさんはサラッと流して平然と業務をこなしてくださいます。宮廷の侍女は変な女にも慌てず臆さず。クールなのです！

王子様はまだ公務からお戻りにならないので、私はこの紋章のバッチを利用して、一人で宮廷を徘徊してみようと考えました。まずは厨房に目標を定めて。

メモ代わりのスケッチブックを抱えて、いざ。宮廷散歩に出発です！

と意気込んだのも束の間。

私は自室を出てすぐの豪華な廊下で、貴族の集団と鉢合わせしてしまいました。盛りに盛った髪型の煌びやかなご婦人方と、錚々たる爵位の方々です！

「まあ、救国《きゅうこく》の聖女様‼」

ご婦人方が歓声を上げたので私は自分の後ろを振り返りましたが、ご婦人は私の前に駆け寄って参りました。え？　わ、私ですか？

「聖女様が特別なお力を以ってアンディ王子殿下と王国を救ったと、王妃様から伺いましたわ。なんて素晴らしい奇跡でしょう！」

ご婦人も周囲の方々も熱を上げて頷いていています。高貴な方々に囲まれて「あうあう」状態の私に、ご婦人は改めて美しいカーテシーをなさいました。

「突然のお声掛け失礼しました。私はクレメンティーン・マリアンヌ・アリングハム。アルバーンフォレスト侯爵夫人です」

え？　なんと？　呪文のように長い自己紹介に私が戸惑っているうちに、お隣のご婦人も続けてご紹介いただきました。

「こちらは隣国のベヒトルスハイム公爵夫人のベネディクタ・ベルン・バウムガルテン様。そしてこちらは……」

おうっ？　一個もお名前を覚えられないうちに呪文が続いて、私は白目になりました。その場が凍って静寂《せいじゃく》となったその時、私の真後ろから声がしました。

「こちらは夢使いの聖女様であらせられる、ルナ・マーリン伯爵令嬢です」

あっ⁉　侍女のサラさんです！　私が一人で散歩に出かけたと思っていたら、後ろに侍女のサラさんが付いてくださっていました。しかも固まったまま自己紹介もできない私を、助けてくださいました！

我に返った私が慌ててカーテシーをすると、ご婦人方はまた歓声を上げました。

存分に労っていただいて集団が去った後に、私はドッと冷や汗が出ました。

「サ、サラさん、助かりました！　皆様のお名前が長すぎてどうにも覚えられなくて……」

「アルバーンフォレスト侯爵夫人のクレメンティーン・マリアンヌ・アリングハム様とベヒトルスハイム公爵夫人のベネディクタ・ベルン・バウムガルテン様、それから……」

「えっ！　全部覚えてる！　スゴイ！」

オウムのように片言で叫ぶ私に、サラさんは謙遜《けんそん》するように目を伏せました。ダークブラウンのキッチリと編み込まれた髪と、スン、としたお綺麗なお顔が自信に満ちています。

「宮廷にいらっしゃるお客様方のお顔とお名前を覚えるのは仕事の一環ですので。アンディ王子殿下から、ルナ様の苦手な部分を補助するよう申しつかっております」

なんと、王子様は私がこのように宮廷で「あうあう」するのを見越して、記憶が得意なサラさんを侍女にしてくださったようです。なんたる先見の明でしょうか。

それにしても、宮廷散歩をしようと廊下に出た途端《とたん》にこのような難しいお名前と出会ってしまうとは。迂闊《うかつ》に散歩するのが怖くなりました。厨房に行くまでにいったい何体の敵……いや、高貴な方々と遭遇《そうぐう》するのでしょうか。人見知りが発動した私は、途端に引け腰になりました。

「あの、これ以上の呪文は危険なので、お部屋に戻りましょうか……」

するとサラさんはほんの少し、微笑みました。あら？　サラさんの笑顔を見るのは初めてです。

「ご心配なく。私がすべて覚えますので。お困りの時はいつでもお声掛けください」

ひえぇ、頼もしい！　私はサラさんの脚にすがりたいのを我慢して、腰を奮《ふる》い立たせました。

それからはあっちへふらふら、こっちへふらふらと、なるべく廊下の端に寄りながら厨房へ向かいました。いやはや流石の宮廷。無数の扉と長い廊下はまるで迷路のようです。高い天井には絢爛《けんらん》なシャンデリアがいくつも連なって、まさに夢の中の景色のようです。

王子様はすごい場所で生まれ育ったものですね。このような豪華なお城を夢で演出しても、見慣れた王子様はちっとも驚かないのかもしれません。

「こちらが厨房になります」

とサラさんが立ち止まって案内してくれましたが、そこは私の想像以上に広く豪華な設備で、沢山のコックさんたちが忙しそうに働いていました。

「聖女様だ、聖女様がいらしたぞ！」

ざわざわと声が聞こえて、厨房の奥からコック帽を被った男の子たちが出て来ました。目を輝かせて好奇心に満ちたお顔が可愛らしいです。

「こらっ！　お前たち、仕事場に戻れ！」

厳しいお声が響いて、コックさんたちは慌てて持ち場に戻りました。怒鳴ったのは料理長然とした長い帽子の男性です。逞しいので一見騎士のように見えますが、シェフなのですね。料理長は厳ついお顔を一転柔らかくして、こちらにやって来ました。

「これは聖女様！　こんなむさ苦しい所に如何なさいました？　もしかして、食事に問題でも⁉」

「い、いえいえいえ！　問題どころか、あの、あまりに美味しいのでお礼をお伝えしたくて……」

シェフはキョトン、とした後に豪快に笑いました。

「なんと光栄な！　お客様にお呼びされることはあっても、直接厨房に来てくださる方なんて初めてです！」

「えっと、その、どんな厨房で作ってるのかなって」

しどろもどろの私に、調理長は満面の笑みで手を差し出しました。

「私は料理長のバートです。どうぞ、ご自由に見学なさってください！」

私は侍女のサラさんの後ろに隠れるように厨房に入ると、湯気と調理の音で賑やかな内部を見学しました。最初は遠慮がちに見ていたものの、ダイナミックな調理の光景に私はだんだんと興奮してきました。

「ふおお、大きなケーキです！　うひゃあ、クリームスープの海！　あっ、オーブンからバカでかい鶏の丸焼きが！」

見学しながらスケッチブックに木炭で素早く絵を描いていくと、コックの男の子たちはチラチラと内容を覗き見しています。私は木炭で指を真っ黒にしながら、夢中で格好いいデザインのケーキや、魔女の鍋みたいな寸胴《ずんどう》や、堂々たる図体の鶏を次々と描きました。

料理長のバートさんもコックさんたちも、まるで珍しい物を見るみたいに私を眺めています。途中、温かいおしぼりでサラさんが私の顔を拭《ぬぐ》いました。多分、木炭で鼻やほっぺが真っ黒だったのでしょう。

「あの、お、おじゃましました……」

満足いくまで見学とスケッチをして、私は料理長のバートさんに礼をしました。バートさんは楽しげなお顔です。

「アンディ王子殿下を救ってくださった聖女様はいったいどんな方なのかと思いきや。なんともユーモラスで可愛らしい……と言ったら失礼か」

独り言を呟いて頭を掻《か》くと、優しいお声で続けました。

「アンディ王子殿下は幼い頃、よくこの厨房に逃げ込んでいたんですよ。座学や剣術の授業が忙しすぎて、サボりに来たって」

私は王子様の意外な思い出話が聞けて嬉しくなりました。授業をおサボりするとは、昔から不良の素質があったのかもしれませんね。ニヤける私にバート料理長は帽子を取って、神妙なお顔になりました。

「ルナ様。アンディ王子殿下を助けてくださってありがとうございました。あなたは王子様をお慕《した》いする私たち全員の恩人です。お好きな食べ物があったらどうぞお申しつけください。あなたのためにいつでも腕をふるいますよ」

そう言って、バートさんは私にあの天国の雲……メレンゲのお菓子をお土産にくださいました。

私は胸がじんとして、元気に手を振って厨房を出て行きました。

いつでも腕をふるう……私はまるで強い味方を手に入れたようで高揚しました。高貴な方々との交流に怯《おび》えながら突破した廊下の先には、一流シェフという最強の味方がいたのです！


夜になって。

公務から王子様が戻られたので、私はスケッチブックを持って王子様の寝室へ向かいました。

「ふふふ、むふふ」

ベッドの上で開いたスケッチブックを眺めていると、後ろから王子様が覗いてきました。

「そんなに沢山、何を描いたんだ?」

「えへへ。これがケーキで、スープで、丸焼きです！　それとバートさん」

「ルナは絵が上手いな」

「夢のために形をスケッチするうちに上達しました。描かないと忘れてしまいますから」

次のページを捲《めく》ると、侍女のサラさんがアップで描かれています。あの宮廷散歩から部屋に戻った後に、二人でお茶をしながら、私はサラさんをスケッチしたのでした。

「あ。サラが笑ってる」

王子様はサラさんの絵をまじまじと見ました。

「はい。レアですよね！」

「ああ。サラは滅多に笑わないからな」

「貴重な笑顔って、見るとポイントが貯まるみたいなラッキー感がありますよね」

王子様は「わはは！」と笑いました。

「サラはもともと俺の侍女の一人だったんだ。二年前にグレンナイト王立学園を首席《しゅせき》で卒業した優秀な令嬢で、行儀見習いで宮廷に来たはずが、あっという間に上級の侍女として出世してしまった」

「ふへえ、やっぱり！　そんな優秀な方を手放して、私なんかの担当にしてしまって良かったのですか？」

王子様は改めて、サラさんの似顔絵を眺めました。

「ああ。語学や記憶力に優れて冷静な性格だから、ルナを一番サポートしてくれると思って。それにこのサラの笑顔……ルナと一緒にいた方が楽しそうだ」

王子様はそんなことをおっしゃっていますが、私はサラさんとのお茶の席で、サラさんがどれだけ王子様を尊敬しているかと伺いました。不良なふりをして誠実で聡明、信頼できるお方だと。サラさんは業務上冷静なふりをしていたけど、ずっと王子様の悪夢についてご心配なさっていたそうです。王子様と侍女。主従《しゅじゅう》が互いに敬いあう関係が素敵で、私はにやにやが止まりませんでした。

「で、俺は？」

「え？」

「俺の絵がない」

スケッチブックを最後まで捲って、王子様は不服《ふふく》そうです。

拗《す》ねたお顔がなんて可愛いのでしょうか！　私が王子様を描いていないとお思いなのですね。私の自室にある王子様専用のスケッチブック全五冊には、不良の王子様、学園の王子様、パジャマの王子様、少年の、ちびっこの、寝顔も笑顔も全部、すべてのお姿を描いているのですよ。でも流石に変態っぽい趣味なので、王子様には内緒にすることにしました。

さて……今夜の夢にはご馳走が沢山並びそうです。

第五章 薔薇色の学園生活

晴天なる本日。

グレンナイト王立学園は期末試験を終えて、薔薇色の週末を迎えました。

「ふえぇ～」

テストの苦しみから解放されて。私、ルナ・マーリンは宮廷付きの聖女として、のんびりと綺麗な庭園で休日を満喫《まんきつ》しております。手入れの行き届いた薔薇園と、輝く噴水に集まる小鳥たちの囀り。宮廷のお庭はなんて美しいのでしょうね。

アンディ王子殿下とご一緒に薔薇の鑑賞がしたかったのですが、あいにく王子様は早朝から剣のお稽古にお出かけしました。

王子様は首位の成績はさることながら、剣術もお上手でらっしゃいます。以前、学園で行われた大会で試合を拝見しましたが、一振りごとに女生徒たちの黄色い声が上がるほど、美しい剣捌きでございまして……。

グレンナイト王国を建国した騎士王の子孫である王族たちは、自ら文武両道《ぶんぶりょうどう》を掲げて日々鍛《たん》錬《れん》されているのです。たいへんご立派でございます！

さて、それはさておき。

この、おやつの時間に現れたスイーツのタワー。どう攻略しようか、私はフォークを上下してニヤけています。あの料理長のバートさんが、期末試験が終わった私を労《ねぎら》って「お疲れ様スイーツ」を特別に作ってくださったのです！　テストは嫌いですが、こんなご褒美があるなら試験も悪くありませんね。


庭園で甘味を貪《むさぼ》った後は、お馴染《なじ》みの書庫に向かいます。

え？　ここは我が家？　というほどに、毎日入り浸《びた》っているのです。

「おや。ルナさん」

「あ、こ、こんにちは、コナーさん」

司書のコナーさんとはすっかり顔馴染みです。

「休日まで書庫でお勉強ですか？　ルナさんは熱心でらっしゃる」

「いえ～、せ、聖女として、当然ですので」

私は間違ったことは言っていません。夢の題材探しに本を読み漁るのは、結果、アンディ王子殿下を夢の中で癒すためでもあるので。

コナーさんが微笑んでこちらを見ているので、ぎこちなく歩く私ですが、天井までビッシリと詰まった本を見上げると、やっぱり心が浮かれます。

「ふぃ～、紙の匂いは落ち着く……」

さあ、今夜はどんな夢にしましょう。

試験も終わって、いつも通り首位の成績を収められたアンディ王子殿下にお疲れ様の気持ちを込めて、楽しい夢にしたいですね。

冒険物なんてどうでしょう？　モンスターとお宝のあるダンジョンとか。勇者となって剣を振るう王子様は、さぞ格好いいでしょうね！

私は古代の建築画や秘宝の図録を眺めながら、ニヤけました。宮廷の休日ってなんて贅沢《ぜいたく》なのでしょう。朝から晩まで、ニヤけっぱなしです。


そしてもちろん、寝室でも……私はニヤけています。

夜になってようやく、アンディ王子殿下はお稽古から戻られました。休日なのにこんなに真面目にお稽古するなんて、王子様はやっぱり不良のふりをして真面目なお方なのです。

「何だ？　いつにも増して酷いニヤけ顔だな」

アンディ王子殿下は変質者を眺めるように、バイオレットの瞳を顰《ひそ》めます。怪訝そうなお顔もまた、色っぽいこと！

「ふへへ……本日の宮廷のディナーも美味しゅうございましたねぇ」

「まぁな」

王子様は生まれつきこんな生活をしてらっしゃるから、私の庶民的な悦《よろこ》びはいまいち伝わらないようです。

「は〜、今日は疲れた……」

稽古でしごかれたのでしょうか。アンディ王子殿下はベッドに入るなり、ぐったりとしたご様子で私を抱き枕のように抱き締めます。自然に、いつものように。だけど私はいつだって、間近の美麗なお顔にドキドキしてしまうのです。

「お、お疲れ様でした。アンディ王子殿下」

「ああ。ルナも。試験はどうだった？」

「えっ？　ええと……」

アンディ王子殿下は目を瞑ったまま質問をして、私が応える前に、すうっと眠ってしまいました。長い睫毛の。天使のお顔で。

（ふおぉ……）

私は殿下がお休みされたお顔が好物……いえ、麗しくて。間近で延々《えんえん》と眺めてしまうのです。

ドムン、ドムン、と。あ、これは私の奇怪な心臓の音です。

室内に響くのではないかという鼓動とともに、気が済むまで王子様の寝顔を眺めた後、私も眠りに入りました。


「勇者か……」

アンディ王子殿下はご自分が夢の中で着せられている格好と、腰に下がった剣を見て呟《つぶや》きました。

私は魔法使いということで、ローブを着て杖《つえ》を持っています。

「夢の中でも俺に剣術をやらせる気か？」

「えへへ……だって、間近で見たいですもん」

勇者の格好をした王子様は予想通り、イケてらっしゃいます。金色のサラサラの髪に勇《いさ》ましい兜《かぶと》を被って、マントを靡かせて。締まった体に軍服仕様のデザインがお似合いです。色っぽい。とにかく、色っぽい！

私が勇者殿下に見惚れている間に王子様は周囲を見回して、やぶさかではない好奇心で疼《うず》いているようです。

「これはダンジョンだな。地下に作られた古代の宮殿のような……形状も質感もよくできている」

私が構築した石壁を撫でて、お褒めくださいます。

ふと。その石壁を伝って何かの振動を感じたようで、アンディ勇者殿下はハッと私の後ろを振り返りました。

「な、何だ！　あれは⁉」

「え？」

私は王子様が指す方を振り返って、ダンジョンの道の奥から何かが走って来るのを目撃しました。それは私の構築した夢に登場するはずのない、想定外の物で……。

　私は驚きのあまり、我を忘れて絶叫しました。

「ギョエーー⁉」

　何とも色気のない悲鳴が、夢のダンジョンに響き渡ります。

　両手を広げて、足をバタつかせてこちらに向かって来る巨大な生物は、モンスターではありません。

「何だこれは⁉」

　アンディ王子殿下は戸惑いながらも私を庇《かば》うように前に出て、ズバッと見事な剣捌《さば》きで一刀しました。

か、格好いい！　いや、それどころではないけど、興奮しました。

　切り裂かれてヒラヒラと地面に落ちるそれは平べったく、赤色の◯や×が書かれていて……。

「テスト用紙……？」

　王子様のおっしゃる通り、それは巨大なテスト用紙だったのです。◯よりも×が圧倒的に多い、お恥ずかしい点数の……私の期末試験の結果でございます！

「また同じ奴が来た！」

　さらに奥から二枚目、三枚目のテストのお化けが向かって来て、私は恥ずかしさと恐怖で、咄嗟に手に持っている杖を道の奥に突きつけました。

「み、見ないでぇー！」

王子様に懇願しながらテストをやっつけようとしたら、持っている杖はいつの間にか巨大なペンになっていました。ペンの先からは何も出ないので、私は勇ましいポーズを取っただけになりました。

「ルナ！　後ろに下がってろ！」

王子様は上段、下段、と美しい剣捌きでテスト用紙を斬り伏せて、さらに奥を睨みました。四枚目、五枚目と来るではありませんか。いったい何教科あるのでしょうか。

私は酷い点数の連続に真っ赤になって、泣き喚《わめ》いたのでした。

「あ、ああ、ああ〜っ」「ぁ〜」……。

爽やかな朝日の中の。真っ白なシーツの上で。

起き抜けの私とアンディ王子殿下は、正座で向き合いました。

昨晩見た変な夢について、王子様は見なかったフリはしてくれませんでした。

「で……？　あの酷い点数は何だ？」

「あ……はぁ……その、追試となりまして……」

「なぜ、あんな酷い点になったんだ？」

「な、なぜと申されましても……」

私のテストはいつもあんな感じですが、今回は宮廷の豪華な暮らしと王子様の添い寝係にうつつを抜かして、より酷い結果となったのです。しかし、万事首位である優秀な王子様にはまったくもって理解ができないご様子です。

「ルナは昼も放課後も図書室に入り浸ってあんなに本を読んでいるのに、なぜだ？」

王子様は心の底から不可思議《ふかしぎ》なお顔です。

確かに私は本の虫でありますが、目的は夢と妄想を膨らませるためなので、殆どが図鑑や図録、児童書だったりして……。勉学に役立つには偏《かたよ》りすぎた読書なのです。

「す、数字が苦手でして～。計算とか年号はちょっと……」

王子様は驚きと呆れの後で、少しムッとしたお顔をされました。そのお顔も美しいですが怒らせてしまったようで、私はビクッと肩を揺らしました。

「なぜ、俺に黙ってたんだ？」

「だ、だって、恥ずかしくて……」

「あの点数じゃ留年しかねないぞ」

私は現実を突きつけられて、「ひぃっ」と慄きました。薄らと感じつつも見ないふりをしていた、恐怖の現実です。

王子様はベッドから降りながら、お話を続けました。

「昼と放課後は学習室に来い。俺が勉強を教える」

「え、ええ!?　お、王子様自らそんな……」

「俺以上に教えられる者がいるのか？」

傲慢《ごうまん》な目で見下ろす王子様にゾクゾクしながら、私は首を振りました。学園一の秀才以上の家庭教師がいるはずもありません。

ただ、私は学園二位のお姉様に勉強を教わっても身にならない、という頑強《がんきょう》な落ちこぼれなので不安ではありますが。

「それにしても、ルナは自由に夢を操《あやつ》れるのかと思っていたけど……自分の中にある恐怖や不安には勝てないんだな」

「は、はい。あまりに恐怖を感じると、夢の中でも思うようにいかなくて」

「ふふん。夢使いにも弱点があるんだ」

王子様は怒っているかと思いましたが、背を向けたままの後ろ姿は愉《たの》しそうに笑っているように見えました。


学園のお昼休みになって。

私は教科書やノートを抱えて、学習室に向かって走りました。

これから大嫌いな勉強をするというのに、ニヤニヤが止まりません。だって、学園で王子様に教えていただけるなんて、こんな薔薇色のお昼休みがありますでしょうか。

「お、遅れました！」

「うん」

学習室は生徒が自習に使う個室のお部屋で、狭い室内には机と椅子しかありません。アンディ王子殿下は椅子に座って気怠い姿勢で……だけどバイオレットの瞳は凛としていて、私の胸はキューンと高鳴りました。

いつも添い寝はしているけど、こうして学園で制服をお召しになった王子様にお会いすると、より一層《いっそう》萌えるのです。

「ん。テスト用紙と教科書貸して」

王子様は恥だらけの私のテストを真顔でザッと目を通し、続けて教科書を開いて速読しながら印を付けています。

読むのが速すぎませんかね。優秀な人の勉強の仕方というのは、とても真似できそうにありません。

「ここからこの範囲とここだけ覚えて。他は無視していいから」

「は、はあ」

「追試のための対策だから今回は予想した範囲を丸覚えでいいけど、後でちゃんと全体を復習するんだぞ」

「は、はいっ」

お姉様と違って、大胆なヤマ張りです。お姉様は私の可能性を信じていつも丁寧に根本から教えてくださいますが、私の集中力が頓珍漢《とんちんかん》なのでいつも途中で記憶が曖昧《あいまい》になるのです。王子様は私の真性《しんせい》なる落ちこぼれぶりをわかってらっしゃるのかもしれません。

狭い範囲なら覚えられそうな気がして、私は必死で教科書をガン見しました。

ふと、視線を感じて顔を上げると、王子様は対面で頬杖《ほおづえ》をついて私の顔をじっと見つめていました。無表情ながら、その瞳は何か思慮《しりょ》深いというか憂いがあるというか、何とも絶妙《ぜつみょう》な眼差しで、私は思わずボーッと見惚れました。

「集中しろ」

「は、はいっ！」

怒られて教科書に向き直りましたが、今の視線は何でしょうね。私は妙に緊張でドキドキしていました。


午後の授業で。

私はいつもと違って、まるで優等生に生まれ変わったように、凛とした瞳で姿勢を正しました。優秀な人に教えてもらうと、優秀さが染《うつ》ったような気がするのです。的確なヤマを得てチート気分になった私は、無意味に挑戦的に教師を睨んだりして。


そんなオラついた私に、罰《ばち》が当たったのでしょうか。

放課後にまた、学習室に浮かれて向かっている途中のことです。

私は普段使ったことのない校舎のお手洗いに入りました。お勉強中にもよおしたら困りますか

らね。

　個室のドアを閉めてすぐに、どやどやと洗面台の前に多数の女子が入ってきたのがわかりました。

「それって本当ですの⁉」

　お喋りの声がトイレに響いて、私は便座に腰を下ろした状態でギクリと固まりました。この声には聞き覚えがあったのです。

「本当ですわ。私のお父様が宮廷で直に聞きましたのよ」

「そんなまさか。アンディ様が⁉」

　ギクギクッ！

　私の背中は石のように固まりました。なんと、アンディ王子殿下の噂話です。しかもこの声はやはり……あの取り巻きの令嬢軍団です。

「ええ。アンディ様が婚約者を募集なさるんですって」

　キャア、と歓声で湧いた空間で、私だけが個室の向こうで無言のまま白目を剥きました。

　え？　なんと？　アンディ王子殿下の……婚約者？

　今すぐ飛び出して噂の輪に飛び込みたい気持ちですが、それは無理です。妖怪が出たと、皆逃げ出すでしょう。

「そもそも何故、今になってですの？　お兄様であるエヴァン王太子様には、幼い頃から婚約者がいらっしゃるのに」

「そうなのよね。第二王子だからって、成人してから探すだなんて」

「あ～ん、どうしよう！　これってチャンスってことじゃない⁉」

噂は燃え上がり、止まりません。

私はデバガメ根性とショック状態が交差《こうさ》して、声を漏《も》らさないよう、必死で下唇を噛みました。

「うふふ。私、早速候補にエントリーさせていただきますわ。もうお父様にお願いしてあるの」

「ずるいですわ！　私もお父様に頼みますわ！」

「私も！　こんなチャンス逃せないもの！」

その後はドレスを注文しなきゃとかコスメがどうとか、延々と戦闘準備のお話が続き、私は用も足せないまま便座の上で固まり続けました。

アンディ王子殿下の、婚約者を募集する……。

ええ。そうでしょう、そうでしょうとも。

今まで悪魔に取り憑かれ、成人できないとされてきた王子様の障害物が祓われたのですから、王族としてはもちろん、第二王子様に婚約者を見繕《みつくろ》い、子孫を残してもらわないと。

取り巻き軍団は息巻きながらお手洗いを出て行って、シンと静かになった個室の中で、私は立ち上がれずに震えました。

私はお勉強だけじゃなくて、本当にバカなのではないでしょうか。

王様から引き続き夢使いのお仕事を頼まれたからって、何故、永久に王子様の添い寝係ができると思ったのでしょうか。しばらくの後に何事もなければお役御免となり、王子様は日常に戻るのが当たり前なのです。

私の顔から汗なのか涙なのかわからない、大量の水が流れました。

王子様は優しいお方で、女性慣れしていて、ソツなく、自然体で。私みたいな変な女にも、親しくしてくださいます。私は夢使いとして宮廷で働くうちにそんな扱いに調子に乗って、王子様を自分の物のように勘違いしていたようなのです。なんて恐ろしい思い込みでしょう！

「ひ、ひぃ……」

分不相応《ぶんふそうおう》で浅《あさ》はかな己《おのれ》に怯えて、私はガタガタと震えながら、個室を出ました。


壁を伝いながら這うように廊下を歩いていると、学習室の向こう側の渡り廊下で、アンディ王子殿下を見つけてしまいました。

木漏れ日で輝く金色の髪は、すぐに王子様だとわかります。その正面には、後ろ姿の女子生徒が一人。あのピンクに近い赤髪は知っています。つい最近、隣町の学校から我がクラスに転入してきた、とびきりの美少女で富豪のお嬢様。リーリア・キャレット子爵令嬢です。

王子様は優しい笑顔でお話をされていて、リーリア子爵令嬢もお上品に談笑しております。なんてお似合いのお二人でしょうか！　美男美女とはこのことです。

私はお手洗いの噂話よりも心臓がズキーンと痛んで、そっと後ろを振り返ると、そのまま猛然《もうぜん》と廊下を走って逃げ帰ったのでした。

宮廷の門の前で地面に転がり「ぜぇはぁ」と汗だくで呼吸する私を、王子様の側近であるクリフさんは唖然として見下ろしています。

「はて……本日は放課後に自習するために、一時間ほど帰宅が遅れるとアンディ王子に伺っていましたが……」

お迎えの馬車を待たずに一時間近く走って宮廷に帰ってきた私は、慣れない長距離ダッシュに身体が限界を超えて、門に着くなり倒れたのでした。門番に呼ばれたクリフさんは、まるで死にかけの妖怪を発見したかのような好奇心に満ちたお顔です。

「ぜ……はぁ、た、たまには、運動を……」

「ああ～、無理して喋らなくて結構ですよ。もしかしてアンディ王子のお勉強が嫌で、逃げて来ました？」

「あうっ、そ、そのようなことは……っ」

「あははっ、王子を待ちぼうけさせるとは。やりますねえ、ルナさん」

初対面の頃は鉄仮面のようなクリフさんでしたが、あの悪魔退治以降、素直なお顔を見せてくださるようになりました。まぁ、印象通りの性格でしたが。

クリフさんのおっしゃる通り、私はアンディ王子殿下に内緒で逃げて来てしまったのです。王子様は今頃、一人で学習室で私を待ちぼうけしているはず……やらかしてしまった事の重大さに、私は地面に転がったまま硬直しました。

「ルナ‼」

アンディ王子殿下が勢いよく、私の部屋のドアを開けるタイミングで、私はすでに土下座をしていました。お戻りの時間を見計《みはか》らって、ずっとこの姿勢でお待ちしていたのです。

「も、申し訳ございません！」

「どういうつもりだ？　勝手に帰って！　俺はずっと学習室で待ってたんだぞ？」

「そ、それは、お、お腹が急に悪くなりまして……」

「は？　走って帰ったら余計にヤバいだろ」

「た、確かに……」

アンディ王子殿下は溜息を吐いて、私の近くに来て跪きました。

「何かあったのか？　勉強が嫌になったのか？　それとも誰かにいじめられた？」

急に優しくなったお声に、私は申し訳なさと有り難さで胸がギュッとなりました。

「ち、違います！　本当に、お腹がギュ～ッとですね……」

慌てて顔を上げると、王子様は私の頭の後ろに手を添えて、ご自分の肩に抱き寄せました。

「心配しただろ」

「う、おぉ……ご、ごめんなさい」

なんという温かさ。なんという至福の時。

私はこのような限りある恩恵を、身体全体に染み込ませるように味わいました。王子様の婚約者が正式に決まれば、もう二度とこのような恵まれた時間はないのですから……。


その日の夜。

いつもの通りに王子様は、ベッドの中で私を抱き枕のように抱き締めて眠りました。様子がおかしい私を労わるように、優しく、ふんわりです。

私は珍しく頭が冴えてしまい、しばらく眠ることができませんでした。

やがて王子様が寝返りをうって私を離した隙に、私は王子様から距離を取って起き上がり、王子様の寝顔を観察しました。すやすやと天使のお顔でお休みなさっています。

今夜はどうしても、夢を共有することができませんでした。心理的に動揺している私はきっと、昨晩のテスト用紙どころではない、おかしな夢を見てしまう予感がしたからです。

王子様は安らかに眠り続け、悪夢を見ている様子はありません。

「良かったですねぇ。ゆっくりお眠りください」

王子様が一人でも安全に眠れる安心感と同時に、夢使いの自分がもう必要ないのだという事実を再確認して、私は寂しい気持ちになったのでした。

「ん……ルナ？」

小鳥の囀りとともに夜は明けて、起床時間がやってきました。

なんと、私は七時間あまりも王子様の寝顔を観察していたようで、自分でもその異常さに引きます。私は完徹《かんてつ》を悟《さと》られまいと、元気にご挨拶をしました。

「お、おはようございます、王子様！」

「珍しいな……先に起きてるなんて」

アンディ王子殿下はジッと私の顔を見て、訝しげに首を傾げました。

「ルナ。寝不足か？　目が真っ赤だし、クマが酷いけど……」

「は、はわわ、そ、そうですか？」

「それに夢……見なかったな」

「あ、た、多分、寝返りをうったまま、離れてしまったかと。悪夢は見ませんでした？」

「全然。熟睡したよ」

大変、結構なことです。王子様は私がいなくても、悪夢を見なくなったのですから。私の頭に〝お役御免〟という言葉が浮かんで、呆然としました。

「ルナ？」

王子様は呆けている私に顔を近づけていました。目前に美しいバイオレットの瞳があって、正気に戻った私は驚きのあまり、正座のまま跳ね上がって後ろに転倒しました。ベッドの端にいたので、ドオン！　と床に転げ落ちたのです。

「ルナ！　大丈夫か⁉」

　王子様は多分、様子のおかしい私の額の熱を計《はか》ろうとしていたのだと思います。今、ベッドから見下ろした私はきっと、無様《ぶざま》にひしゃげているでしょう。恥ずかしさのあまり私はすぐに飛び起きて、ハツラツなふりをしたまま、ドアに向かって走りました。

「だ、大丈夫ですよ、ほらっ！　ト、トイレに行って参りま～す!!」

　私は何故、スマートにできないんでしょうね。咄嗟に出る言葉の色気のなさに後悔して、泣き笑いで廊下を走るしかありませんでした。

第六章 ◆ 美少女、奇襲す

爽やかな朝。学園の教室に到着して。

私は着席してすぐに、左前方を注視しました。

今学期に転入してすぐにクラスで一番の美少女となった、リーリア子爵令嬢です。ピンクに輝く赤髪はまるで可憐な花のようで、こちらにまで良い香りが届きそうです。まだ幼さを残したお顔はお人形のようで、笑顔が愛くるしく。子爵であるお父様は輸入業で成功されて、この王都に立派なお屋敷を建てられたのだとか。お召《め》しの靴や髪飾りにも高級感があって、お嬢様然と輝いております。

「ひぃ……」

私は眩さに当てられて霧散《むさん》してしまいそうで、教科書で顔を隠して防御しました。昨日の放課後、アンディ王子殿下とあまりにお似合いだった光景が浮かんで、心がズンと重くなります。

それだけではありません。教室の女生徒たちが、何やら朝から浮ついているのです。彼方でヒソヒソ、此方でウフフと。学園でのアンディ王子殿下の婚約者募集の噂は、末端《まったん》にまで広まっているようです。

見回せば、いつもより盛った髪にリボンが沢山結ばれて、クラスの女子度が上がっています。

それはまるで戦闘態勢の整った戦士たちに見えて、私は授業が終わるまで、戦々恐々《せんせんきょうきょう》と防御したまま過ごしたのでした。

お昼の時間になり、私は学習室に向かいました。週明けに迫り来る追試に向けて、今日こそは王子様とのお勉強に集中せねばと考えていると、後ろから不意にお声がかかりました。

「ルナさん」

振り返ると、なんとそこにはあの美少女……リーリア子爵令嬢がいらっしゃったのです。可愛らしく微笑んで、こちらに紙を差し出していました。

「ルナさん。こちらのテスト用紙を落としましたよ？」

「え？　あ、うああ！　あ、ありがとうございます！」

例の酷い点数の解答用紙です。よりによって、天敵である美少女に醜態《しゅうたい》を晒してしまいました。

慌てて受け取った用紙をポケットに捻じ込む私を、リーリア令嬢はキラキラとした瞳で見つめています。ま、眩しい。

「あの。ルナさんはアンディ王子殿下の専属の聖女って噂ですが……本当ですか？」

「えっ？　え、ええ……まぁ……」

汗が止まりません。学園に転入したばかりのリーリア令嬢ですが、すでに学園内の噂を網羅《もうら》しているようです。

「素晴らしいですわぁ！　ルナさんはご姉妹で聖女の才能がおありなのですね。しかも、王子様の専属だなんて！」

リーリア令嬢の棒読みのような台詞にはトゲがあって、私は背筋が寒くなりました。私の夢使いの力は公には知られていないので、側から見たら聖女の力なんて皆無に見えるでしょう。私が大聖女であるお姉様のコネで宮廷に出入りしていると思われても、仕方のないことです。

「えっと、あうう」

私がどう取り繕うか狼狽しているうちに、リーリア令嬢は含《ふく》みのある笑顔で予想外の話題を口にしました。

「それではルナさんも、婚約者選抜の舞踏会に参加されるのですね？」

「へっ？」

何のことだかわからずに目を丸くしていると、リーリア令嬢は「あら」というお顔で小さなお口を手で隠しました。

「まあ……舞踏会のことをご存知ないのですね？　アンディ王子殿下は婚約者を選ぶための舞踏会を大々的に開くようですが……」

「な、な、ええっ？」

「婚約者の候補として相応しい令嬢たちが招待されて、舞踏会に参加するのですよ」

金魚のように口をパクパクさせる私を見て、リーリア令嬢は途端に意地悪な笑顔になりました。

「ルナさんは王子様専属の聖女様ですから、もちろんご招待されていると思ったのですが……私ったら勘違いしましたわ。ごめんあそばせ」

軽やかに去るリーリア令嬢の後ろで、私は放心しました。

私が知らないうちに、知らない行事が画策《かくさく》されていたのです。しかも私は蚊帳《かや》の外……やはりと言うべきか、私は婚約者候補にもならない、みそっかすな女だったのです。

私はショックでふらふらと廊下を歩き、呆然としたまま学習室へ入ったのでした。


「ルナ！　さっきから何ボケてんだ！」

学習室の中で。

先ほどリーリア令嬢から聞いた舞踏会の件が私の頭を支配して、まったく勉強に集中できない様に、アンディ王子殿下はとうとうお怒りになられました。

「す、す、すみません！」

「このまま追試も失敗して、留年したいのか⁉」

「ひ、ひぃぃっ」

涙目の私を見て、王子様は不良の口調を改めました。

「ったく、変な女なのはわかってるけど、昨日から変すぎるだろ。頼むから、何があったのか言ってくれ」

私は婚約者候補にもならない、蚊帳の外のみそっかすですか？　などと、聞けるわけがありません。

「あ、あう、な、何でもないですぅ」

「何でもなくないだろ」

「……」

目を泳がせて顔を背ける私を見て、王子様はスウッと無表情になると、席をお立ちになりました。

「ルナが俺を頼りたくないのはわかった。やりたくない勉強を無理強いして悪かったな」

抑揚《よくよう》のない言葉と冷たいバイオレットの瞳に、私の心臓は凍りつきました。

学習室を出て行ってしまわれた王子様に、違うと叫んで追いかけて、後ろから抱きついて……脳内で絵は浮かぶのに、足が地面に張り付いたように動かないのです。

「あ、あ、あう」

私はだいぶ遅れて立ち上がって、そのままゾンビのように校舎の階段を上り、走って、上級生の教室に駆け込みました。

でも、王子様のクラスではありません。


「お、お姉様ーー‼」

絶叫して教室の扉を全開にした私を、室内の先輩方が一斉に振り返りました。窓際で沢山のお友達とお食事をしていたリフルお姉様は「んぐっ」とパンを詰まらせて、すぐにこちらに駆け寄りました。

「ルナ⁉　どうしたんですの⁉」

私は今までこんな過激な登場をしたことがなかったので、お姉様は尋常《じんじょう》でなく慌てています。

廊下に飛び出すと、お姉様は何かを探して目をギラギラとさせました。

「あいつね⁉　アンディ王子ね⁉　あいつが何かしたのね⁉」

意気込んで殺気立つリフルお姉様のスカートに、私は号泣してしがみ付きました。

「ち、違うんです！　わ、わた、私は、みそっかすな女なのですー！」

リフルお姉様はパニック状態の私の肩を抱いて、そっと中庭へと連れ出しました。


「婚約者を選抜する舞踏会ですって？」

リフルお姉様は私の話を一通り聞いて、ピクリと眉を上げました。

私は号泣して体力を使い果たし、裏庭の芝生で三角座りのまま呆然としております。

お姉様は怒気を飲み込むように一呼吸置いて、サファイアの瞳を凛とさせました。

「ルナ。あなたはアンディ王子が好きなの？」

「え⁉」

思わぬ問いかけに、私は目を泳がせました。

「そ、それは、でも、私はみそっかすなので……」

「私はルナの本当の気持ちを聞いているのよ？」

リフルお姉様に嘘は吐けません。私はしばらく固まった後、コクリと頷きました。するとお姉様は大きな溜息を吐きました。

「腹立たしいわ。私の可愛いルナがあんな不良を好きだなんて……」

不安そうな顔で見上げる私を、お姉様は優しく見下ろしました。

「だけど私は何よりもルナが大切だから、自分の気持ちは我慢するわ」

「お姉様……」

「ねえ、ルナ。あなたが好きな王子様は、沢山の人の思惑に囲まれているの。政治や権力のために王子様が自分にとって有利な婚約をしてほしいと、誰もが画策しているのよ」

色めく令嬢ばかり気にしていた私は、その背後にある大きな力に慄いて息を飲みました。

「だからね。婚約者を選抜する舞踏会なんて催《もよお》しもアンディ王子本人ではなく、周囲の関係者が企画しているのだと思うわ」

「そ、そうでしょうか」

お姉様は目を伏せて、首を振りました。

「これは私の予想よ。だからルナは、自分でアンディ王子から真相を聞かなきゃダメ」

「で、でも……」

「ルナは控えめな子だから、言わなきゃいけない場面でいつも言葉が詰まってしまうのよね。本当は好きって気持ちも、アンディ王子にちゃんと伝えないといけないわ」

顔を真っ赤にして俯く私の手を、お姉様は優しく取りました。

そして祈るように両手で握り、私の手を治癒の青い光で包みました。

「ルナが現実の世界でも、夢と同じように勇気を出せますように」

お姉様の大聖女としての力は怪我や病気を癒すためのもので、人の性格や気持ちは治せません。

だからこれは、お姉様の心の籠ったおまじないなのです。

私はお姉様の優しさにジンとして、心強い味方の存在に励まされたのでした。

＊・＊・＊

そんな感動的な姉妹の触れ合いがありましたが、私は変わらず勇気が出せずに、口籠《くちごも》ったままでした。放課後の勉強会にも王子様は来てくれず、気まずいままに夜になってしまったのです。

私はネグリジェで、王子様はパジャマで。キングサイズベッドの上で……。

だけど王子様はいつもと違って、一言も喋らずに背中を向けて眠ってしまいました。まだお怒りが収まらないようです。

私は完全に疎外《そがい》された状況に涙目になりながら、お役御免どころかお邪魔虫の状態に絶望的な気持ちになりました。

寂しい。二人でいるのに一人ぼっちなのは、一人よりも寂しい。

矛盾《むじゅん》した思いを巡らせながら、それでも私は寝落ちしました。


「ふごっ……」

仕方ありません。昨晩は徹夜だったので……。

「へ？」


私は夢の中で制服を着て、学園の机に着席していました。

だけど空間は真っ白で、黒板だけが宙に浮いている、おかしな景色です。週明けの追試を目前にして、不安からこんな夢を見ているのでしょうか？

ぼんやりと黒板を眺めているうちに、予想外の人物が目前に立ちました。

「あ⁉　お、王子様⁉」

アンディ王子殿下が麗しい制服姿で、腕組みをして登場したのです。

嗚呼《ああ》、私はなんて卑しい女でしょうか。王子様に愛想を尽かされたからといって、夢の中で会おうだなんて。

王子様は不敵な笑みを浮かべています。

「ふふ……ルナ。掛かったな」

まるで罠に掛かった虫を見下ろすような目線に、私は思わずゾクゾクと悦んでしまいました。

「うへへ……ふがっ」

王子様はにやける私のほっぺを片手で掴んで、意地悪に微笑みました。

「俺が背中を向けて寝ているると思って、油断したな？　ルナが寝入るのを待って、俺はルナの夢をジャックしたんだ」

「ジャック⁉　じゃ、じゃあ、この教室の風景は……」

「俺が作り出した夢だ」

　何と、王子様は私の夢使いの能力を利用して、夢の設定を乗っ取ったようです。流石の王子様。何という器用さ、優秀さ。惚れ惚れとしてしまいます。

　王子様はトロンと見上げる私を鼻で笑って、空中に手を翳して教科書を出現させました。

「さあ、勉強を始めるぞ。教科書の内容はすべて俺が覚えているから安心しろ。全部ルナに暗記してもらうからな」

　王子様の言う通り、夢の教科書にはギッシリと、テストのヤマが詰まっていました。夢でこんなに克明《こくめい》に文字を刻《きざ》むとは、王子様の頭脳の明晰ぶりに驚きます。

「ひえっ、夢の中でお勉強ですか⁉」

　楽しい夢の時間のはずが、苦手なお勉強。しかもスパルタなムードに私は仰け反りました。すると王子様は机に両手をついて、私の顔をぐっと覗き込みました。ふおぉ……美しいバイオレットの瞳に飲み込まれてしまいます。

「ルナ。現実と違って、夢の中のルナは最強なんだ。やろうと思えば何だってできる」

「そ、そうでしょうか」

「人は夢を見ながら、脳内に記憶すべき物を取捨《しゅしゃ》選択するらしい。ルナの力を以ってすれば、文字の暗記なんてお手の物だよ」

自信に満ちた王子様の精悍《せいかん》なお顔を前に、私の中に不思議と好奇心が湧いてきました。夢で記憶を取捨選択し、暗記する……夢使いとして、未知なる能力を試してみたくなったのです。

私の顔が凛としたのを見て、王子様は優しく微笑みました。

「よしよし。テストで良い点を取ったら、ご褒美《ほうび》をあげるからな」

えっ、ご褒美って、何でしょう⁉

王子様の罠に深々と嵌《はま》った私は、俄然と前のめりになったのでした。

＊・＊・＊

アンディ王子殿下の婚約者を集う舞踏会については、結局真相を聞けず仕舞いでしたが、私は夢の中の暗記に集中して、それをやり遂げたのでした。

いつもと同じ教室。同じ授業。だけど、景色が違って見えます。

私はいくつかの数式を暗記して、いつもは当てられないよう隠れている数学の授業も、自信を持って参加できたのでした。

すごい……これが自信。お勉強をすると、コソ泥のようにコソコソしなくて済むのですね。自ら手を挙げてハキハキと答える私に、教師もクラスメイトも、目を丸くして振り返りました。私のハッキリとした声を初めて聞いた方も多いでしょう。それどころか、私が存在すると知らない方もいたかもしれません。

前方におられる美少女……リーリア令嬢も、驚いたお顔でこちらを見ておられました。

しかし。

革命が起きた授業の後、一転して不穏なお話を耳にしてしまったのです。

コソコソ、うふふ、と、相変わらずクラスの女生徒たちは王子様の婚約者候補について、熱く作戦が交わされております。

いつもはドレスやら髪型やらの話題ですが、今日の休み時間はおかしな空気です。

「インチキじゃありませんの？」

「いいえ、それが本当らしいの。隣のクラスの子もその薬を使って美肌になったんですって」

「そんな魔法のような薬、私もほしいですわ」

私は地獄耳を研ぎ澄ませました。

どうやら町に新しくできた薬屋で、美容に効く薬を販売しているらしいのです。町娘が殺到して行列なのだとか、値段が高いのでお父様におねだりするとかで、話題は沸騰《ふっとう》しています。

私はそんな便利な美容薬があるのかと感心しました。

自分だったら、鼻が高くなる薬と、そばかすを消す薬、それから背が伸びる薬がほしいところですが、安易に薬を使うのはイケナイと、リフルお姉様から言われているのです。

「どんな薬草でも、副作用があるのよ？　都合の良い効果を謳《うた》う薬には強い成分が入っているから、気をつけてね。栄養と睡眠で女の子は綺麗になれるのだから」

お姉様の教えが浮かびます。人参を食べても鼻は高くならないでしょうが、私は大聖女として医学に通ずるお姉様を信頼しているので、そのような薬を求める気はありません。

賢者《けんじゃ》モードの私の耳に、さらなる怪しい薬の話題が入ります。

「じゃあ、惚れ薬も売っているのかしら!?」

「あ、ずるい！　アンディ様に飲ませるつもりね!?」

私はゾワッ、と寒気を感じました。

惚れ薬を王子様に!?　とんでもない作戦です。

王子様はお立場上、他人から貰った物を簡単には口にしませんが、もしもそんな薬を食べ物や飲料に仕込んだとしたら、大変なことです。

私が無言のまま口をパクパクしていると、後ろから代弁者《だいべん》がやって来ました。

「まあ、なんて不敬な企てをしてらっしゃるの？　重罪ですわ」

呆れたお顔で背後から会話に入ったのは、リーリア子爵令嬢でした。

女生徒たちは慌てて口を塞《ふさ》ぎます。

「い、いえ、冗談ですのよ？　惚れ薬だなんて、流石に薬屋にも売っていないと思いますわ」

「そうですの？　それにしても、大金を払って薬で自分を誤魔化《ごまか》そうだなんて、令嬢にあるまじき浅ましい行為ですわね」

令嬢たちは苦笑いで顔を見合わせました。クラス一の美少女に言われてしまっては、反論の余地もありません。無関係の私も釣られて苦笑いになったのでした。


お昼時間になって。私は悶々と薬屋についての話題を考えながら、学習室に向かいました。

惚れ薬は売っていないって、本当でしょうか？　あれほど苛烈《かれつ》に王子様を狙う令嬢たちを見ていると、舞踏会で妙な薬を盛る者がいるのではないかと、不安になってきました。

難しい顔のまま学習室に入ると、王子様はサンドイッチを召し上がっていました。お食事中のお姿も麗しいので、困ってしまいます。

「ルナ。遅いから先に食べてたぞ」

王子様は私の分のサンドイッチを渡してくれました。

毎日、王子様の昼食は宮廷のシェフ・バートさんが用意した物を侍女が運んでくれるのです。今日はお昼を食べながら勉強するということで、私の分も作ってくださいました。

「あ、ありがとうございます」

私は王子様がお食事されているお顔を凝視して、自分のサンドイッチも凝視しました。包みを開けて、美味しそうな香りを思わず嗅《か》いでしまいます。もちろん、薬など入っているわけがありませんが。

「ルナ？　犬みたいだな」

クンクンとしつこく鼻を鳴らす私を、王子様は呆れて見ています。

私は不安を抑えきれず、勇気を以て声を上げました。

「わ、私は心配なのです。アンディ王子殿下に、薬が盛られないか」

「はあ？」

素《す》っ頓狂《とんきょう》な顔をする王子様を真っ直ぐに見て、私は続けました。

「婚約者を選抜する舞踏会で、王子様が変な薬を飲まされるかもって、私は心配してるんです！」

さらに勢いづいて、私は立ち上がって胸に拳を当てました。

「み、みそっかすな女でも構いません！　わ、私が王子様を、魔の手からお守りしますから‼」

自分が部外者だとしても、不穏な惚れ薬から、そして苛烈な令嬢たちから、大切な王子様をお守りしたいという気持ちが爆発したのです。お姉様がくださったおまじないが効いたのでしょうか。私はまるで騎士のように毅然と大声を出していました。

が、王子様は何一つ意味がわからないというお顔で、ポカンとしたまま絶句《ぜっく》していたのでした。

「はぁ……なるほど」

私のヘタクソな説明を、聡明な王子様は噛み砕いて理解してくださいました。

婚約者を選抜する舞踏会が開かれる、という噂。

私はそれに誘われていない、という事実。

そして、その舞踏会で王子様に惚れ薬を盛る令嬢がいるのではないか、という私の不安な気持ちを……。

リフルお姉様がおっしゃっていた通り、王子様は婚約者の募集についてご存じなかったようです。

「舞踏会は成人の祝いで開かれる定例のものだ。まあ、そこでついでに婚約者を集うのは、年齢的にも立場的にも当たり前の流れだよな」

「そ、そうですか」

「舞踏会以前に、婚約の申し出は国内外から随時《ずいじ》来てるし」

「そ、そ、そうなんですね……」

王子様にはとっくに数多の婚約者候補が存在するのだと知って、私は青冷めて俯《うつむ》きました。王子様はそんな私をジッと見つめて、溜息を吐きました。

「余計なことをゴチャゴチャと考えて……だから勉強に集中できなかったんだな？」

「はっ、す、すみません！」

「ルナの妄想力は長所だけど、同時に短所でもあるな」

「た……確かに……」

私は妄想によって自分を幸福にもするし、不幸にもするのだと気づかされました。世間で言われる〝長所と短所は紙一重〟とは、本当なのですね。

王子様は厳しいお顔で続けました。

「だいたい、グレンナイト王国では薬物を他者に盛る行為は即死罪だ。半世紀前に毒物による王族の殺人や洗脳が横行して、法律が厳しく定められたのを知らないのか？　惚れ薬なんて、販売するだけで大罪だぞ」

王子様の冷静なお話を伺って、私は安心しました。ホッと笑顔になる私と対照的に、王子様は顰めっ面です。

「舞踏会にルナを誘うと、ルナはまた妄想で頭がいっぱいになるだろうから、追試が終わるまで伏せていたんだ。まさか逆効果になるとはね」

「えっ。じゃあ、わ、私も舞踏会に参加できるのですか？」

「当たり前だろ？　俺の専属の聖女なんだから」

ギュンッと鼓動が跳ねて、私の顔はみるみるうちに熱くなり、瞳も頬も光り輝いたに違いありません。だって王子様はその顔を見て、笑い転げてらっしゃるのですから。

俺の、専属の！　それって、俺の物ってことですよね!?

いや、ちょっと意味が違うかもですが……。私はとにかく嬉しくなって、本当は他にもっと言いたいこともあったけど、頭から吹っ飛びました。

理想の婚約者はどんな人ですか？　とか、

リーリア子爵令嬢とお似合いですよね？　とか、

それから私は、王子様が……す、好きです……とか。

でも、私は王子様専属の聖女でいられるだけで、大満足なのでした。

第七章　王子様のご褒美

そして週明けの追試がやってきましたが……。

私は自己肯定感が爆上がりした状態で試験に挑《いど》み、毎晩続いた王子様の夢の暗記術も効を奏して、満足のいく出来となったのでした。

自分がこんなに数式や年号を覚えられるなんて、信じられません。王子様は私の夢使いの力に、さらなる可能性を見出してくださいました。


筆記用具を抱えてスキップするように教室に戻ると、リーリア子爵令嬢が女生徒たちに囲まれて、楽しげにお喋りしていました。舞踏会のドレスについて、令嬢たちはクラスのお洒落《しゃれ》番長であるリーリア令嬢の動向が気になるようです。

リーリア令嬢の笑顔はより一層眩しくて、私は筆箱で目を覆いました。不思議なことに、舞踏会が近づくごとに美少女の輝きが増しているのです。これが女子力というものでしょうか。

追試が終わって、私はいよいよ舞踏会へと意識が向きました。

はて。私は今まで舞踏会に参加したことがないので、もちろん、そのような華美なドレスは持っていないし、ダンスも踊れません。

王子様が追試をがんばればご褒美をくださる、とおっしゃっていましたが、それはきっと舞踏会への招待状なのでしょう。しかし……いざ招待状を貰ったとて、私は舞踏会でどのように振る舞えば良いのでしょうか？

ブルル、と震えがきました。

着飾って陽々《ようよう》と輝くご令嬢たちに混ざって、私は陰々《いんいん》と。柱の陰に隠れているイメージしか湧きません。

「ひえぇ……」

唯一持っているドレスを思い出しましたが、それは二年ほど前に作った物なので、もはやつんつるてんのピッチピチ……みっともないにも程があります。

かと言って、どこでどんなドレスを仕立てれば良いのか。はたして自分がそのような召し物を着こなせるのか。髪は？　メイクはどのように？

慣れない世界に、恐怖が無尽蔵《むじんぞう》に湧きます。

追試が去って、また一難。嬉しいはずの舞踏会への招待も、私にとっては新たな難題となりました。

＊・＊・＊

追試が終わったので放課後のお勉強もなく、私は早々に学園を後にしました。王子様は午前中で授業を終えて、先に宮廷に戻られたようです。

馬車が宮廷の門に着くと、側近のクリフさんがニコニコ顔でお迎えくださいました。

「ルナさん、おめでとうございます。追試を合格されたようですね」

「えっ？　ま、まだ結果は出てないですよ？」

「合格点を軽くクリアするほどルナさんが勉学に励まれたと、アンディ王子がおっしゃっていました」

「えへへ、ま、まあ、確かに手応えがありましたね」

「王子は沢山のご褒美をご用意されてお待ちですよ」

「えっ⁉」

お勉強のご褒美は舞踏会の招待状かと思っていましたが、いったい何の用意でしょう？　巨大なケーキとか？　豪華なディナーとか？

私は途端にお腹がグ～と鳴って、卑しい笑いが出てしまいました。

「た、ただいま帰りました～」

クリフさんに案内されて大広間のお部屋を訪ねると、王子様は素敵なお召し物でお迎えくださいました。

いつも気怠いサラサラの髪を綺麗に整えて、高貴なブラウスとジャケットを品良く着こなしています。バイオレットの瞳は凛と冴えていて、それはそれは美しい……。

「お、王子様っ‼」

あまりに王子様然としているので、私は当たり前のことを叫んでしまいました。クリフさんが真後ろで「アハハ」と乾いた笑いを上げています。

「ルナ。お疲れだったな。ほら、ご褒美を用意したぞ」

口調はいつもの不良風なアンディ王子殿下です。

王子様の後ろには、ずらりと見知らぬ女性たちが並んでおりました。え？　ご馳走じゃない？

私が目を白黒としていると、王子様が女性たちを紹介してくれました。

「彼女は王室御用達の人気デザイナー、ベルタ嬢だ。ルナに舞踏会用のドレスを仕立ててもらうんだ」

ベルタさんはお洒落な髪型とドレスで、いかにも優秀そうな方です。エレガントにご挨拶をしてくださいました。

「わ、私に、ドレスを⁉」

思ってもみなかったご褒美です！

同時に、驚いたお腹もグギュ～、と広間に鳴り響きました。

王子様はそれも見越《みこ》していて、テーブルに軽食をご用意してくださっていました。

「まずは腹を満たして、ドレスの布を選ぶんだ。ベルタが山ほど持って来てくれたから」

まるで色の洪水のように、室内には布、布、布があって、リボンやレースや様々な飾りが溢れています。

乙女ちっくな現場に気圧《けお》された私が後ろに向かって倒れたので、クリフさんがすぐに支えて椅子に誘導し、王子様が私の開いた口にカップケーキを突っ込みました。流れるような連携《れんけい》プレイです。

「ほんらはふぁ」

「ルナ。よくがんばったな。俺は内心、悪夢退治のためにルナの勉強が疎かになったんじゃないかって、焦ってたんだ。自分のせいで留年させてしまうかもってね」

王子様の勘違いに、私は申し訳なくなりました。私が宮廷の生活に浮かれて、王子様のことばかり考えて勉強をサボッたのが原因なのに。必死に首を振る私に、王子様は嬉しそうな笑顔になりました。

「でも、ルナはやり遂げた。お前は本当にすごい大聖女だよ」

ご馳走よりも、ドレスよりも嬉しいお言葉に、私はケーキを頬張りながら涙目になりました。

王子様は不良のふりをして、誠実で、優しくて、純粋なお方です。なんて尊いのでしょうか。

「ふひ……」

私は口いっぱいのケーキの中で小さく〝好き〟と呟いたのでした。


軽食を終えたら、いよいよドレスの生地選びから始まりました。

好きな色や模様を選べと言われても、膨大な量の布にちんまい私は埋もれています。窒息《ちっそく》しそうな私にお構いなく、ベルタさんはお勧めの流行の布を次々と出してきます。

「こちらは最新の素材で、光を乱反射してドレスが輝くんです。舞踏会で一番目立つこと間違いなしですわ！」

「あ、あうう」

乱反射する自分を想像すると滑稽すぎるので、私は慌てて紺とか黒とか、隠密のように目立たない色ばかり選んで持ってきました。すると王子様は全部却下して、可愛いキャンディカラーを勧めてきたのです。え？　私がこんなに可愛らしい色を？

「いやいやいや！」

これは揉《も》めに揉めまして。似合うとか似合わないとか言い合って、まるで戦《いくさ》のようでした。どちらも折れないので一旦布選びは置いといて、次はデザインの方向性やら、アクセサリー選びやら採寸やら……やることが盛り沢山です！　自分のためのお洒落を選ぶって、ものすごくエネルギーを使うのですね。


夜になる頃には、私はぐったり疲れ果てて。

朦朧《もうろう》としたままご飯を食べて、ふらふらと王子様のお部屋に伺うと、キングサイズベッドに登ったと同時に、気絶するように眠ってしまいました。


「はれ？」

私は広く豪華な内装の……宮廷の会場の真ん中に、ポツンと立っておりました。

あ、これは舞踏会が開かれる場所ですね。ドレスを見すぎて、私はひと足先に舞踏会の夢を見ているようです。

ボケーッと突っ立っていると、なんと、向こうからアンディ王子殿下がやってきたのです。

黄金の刺繍が施された詰襟に、ショートマントを靡かせて。

グレンナイト王国の王子としての、煌びやかな正装です。

「お、おわぁ、王子様っ‼」

またしても私は叫びました。あまりに格好良すぎたので。

綺麗に整えられた髪は品が良く、いつもは色っぽいバイオレットの瞳も知的に輝いています。

口を開けたまま見惚れる私の目前まで来ると、王子様は優しく微笑んで、跪きました。そして
なんと、私のちんまい手を取って、く、口づけをされたのです！　これはお伽噺《とぎばなし》で見る、憧れナンバーワンのシーン！　私の膝は面白いほどガクガクと震え、崩れ落ちそうになりました。

「ルナ。やっぱりキャンディカラーのドレスで決まりだな」

「へ⁉」

慌てて見下ろすと、私はまるでお姫様のように可愛いドレスを纏っていたのです。

「⁉⁉」

パニックになる私の手を、王子様は離しません。

「初めて夢の中で出会った時のことを、覚えてる？」

王子様の問いに、私は恥で真っ赤になりました。ええ、覚えておりますとも。私は児童書の主人公の真似をして、ドレスを着て歌って踊っていた、トンチキな夢でございますね。

「あの時、ルナは明るくてド派手なドレスを着てたんだ。よく似合っていて、可愛かったから」

ふ、ふおぉっ？　私の黒歴史が、か、可愛い？

私と王子様の解釈《かいしゃく》の違いが激しくて、理解が追いつきません。私は金魚のように喘《あえ》ぎました。

王子様がスッと立ち上がると同時に、誰もいない舞踏会の会場に、大きな音楽が鳴り響きました。

「さあ、踊るぞ。ルナ」

「え!?　む、無理です！　私はダンスなんて……」

王子様は慣れた手つきで私の手を引き、腰を引き寄せ、身体を密着させました。あ、これはエッチです。距離が近すぎます！

優しい笑顔だった王子様のお顔は、急にスン、とスパルタなお顔に変わりました。

「無理だから踊るんだ。舞踏会の当日に恥をかく気か？　完璧にステップを覚えてもらうからな」

私の夢をジャックしたお勉強会の時と同じように、今度は王子様のダンスレッスンが始まってしまいました。

ステップ、ターン、ステップ、ターン！

ひええ、と青冷めつつも、あまりに甘美な王子様との触れ合いに、私は夢の中で蕩けて舞い上がったのでした。

＊・＊・＊

「ルンタッタ♪　ルンタッタ♪」

ステップ、ターン、ステップ、ターン！

学園のお昼休みに中庭でステップを披露する私は、得意げにポーズを決めました。

たった一人の観客であるリフルお姉様が、熱心に拍手をしてくださいます。

「可愛いわ！　ルナのダンスは何て可愛いの⁉」

「えへへ……王子様に連日レッスンしていただきました。何とか形になってきたでしょうか」

「形どころじゃないわ。あまりの可愛さに舞踏会では卒倒者《そっとう》が続出ね！」

興奮するお姉様の鼻息は荒く、相変わらずの妹贔屓《びいき》に私はデレデレと照れてお辞儀をしました。

お姉様はポケットから招待状を出すと、胸に抱えて瞳を輝かせています。

「私はアンディ王子の婚約者選抜なんて一ミリも興味がないけど、舞踏会でルナの晴れ姿が見られるなら、参加する価値が大いにあるわ」

宮廷からの舞踏会の招待状は、リフルお姉様にも届いたのです。

教会はもちろんのこと、宮廷も注目する次代の大聖女ですから、第二王子様の成人のお祝いに呼ばれるのは当たり前のことですが、教会の偉い方々は内心でリフルお姉様と王子様の婚約を望んでいるのかもしれません。

　そんなことを考えていると、頭がズーンと重くなります。リフルお姉様ほどでないとしても、舞踏会にはスペックも野望も後ろ盾も備えた令嬢たちが集まるのですから、まるで武闘大会のようです。はたして私は生きて帰れるのでしょうか。


　戦々恐々とした気持ちで午後の教室に戻ると、なにやら不穏な空気です。そこでは令嬢たちの悲喜交々《ひきこもごも》が渦巻いていました。

　宮廷からの招待状を貰えた者。貰えなかった者。

　令嬢たちはこの真っ二つに二分化されて、天国と地獄が同じ空間にあるような状態です。貰えた者たちは浮かれて、お洒落して、息巻いて。貰えなかった者たちはそれを睨み、呪い、悲しみに暮れるという……。

　私はどちらの逆鱗《げきりん》にも触れないよう、教室の隅っこを歩いて隠密のように自分の席に向かいましたが、ドンッ！　と誰かのお尻にぶつかりました。

「あらぁ。ごめんあそばせ、ルナさん」

あ、はい。その鼻に掛かったお声はリーリア令嬢ですね。と顔を上げた私は、驚きました。

もとから美少女でありましたが、リーリア令嬢の美しさはより洗練されて、まるでお姫様のように光り輝いていたのです。

「お、おぉ……」

眩しさに慄く私を見下ろす意地悪なお顔も、また美しく。

「もしかしてルナさんは、お姉様であるリフル様にくっついて一緒に舞踏会に参加されるおつもりかしら？」

「え、ええ、まぁ……」

「いいですわねぇ。優秀な姉がいるだけで社会見学ができて」

めいっぱいの嫌味を放っても、語彙《ごい》力のない私は気味の悪い笑顔しかお返しできないので、リーリア令嬢はすぐに飽きて令嬢たちの輪に戻って行きました。


ホッとして席に着くと、何やらひっそりとした影が、私の横に立ちました。

「ルナさん……。ルナ・マーリンさん……」

「はひっ⁉」

幽霊が出たかと思って仰け反ると、そこにはクラスで一番成績の良い優等生が立っていたのです。真面目でお家柄も良いお嬢様ですが、影が薄くて静かな方なので、私もお話をしたことがありませんでした。

「コ、コリンナさん？」

「はい……。名前を覚えてくださっていたんですね」

「そ、それはもちろん、コリンナさんは我がクラスの委員長ですし。コリンナさんこそ、私の名前をご存知だったんですね」

「ふふふ……あなたの噂は父から予々、伺っております」

「えっ？　お、お父様から？」

はて？　私はコリンナさんとお話しするのも初めてだし、お父様にお会いしたことなどないはずですが……。

無言でニヤリとした顔のコリンナさんを見るうちに、私はコリンナさんが誰かに似ていることに気づきました。もどかしそうなコリンナさんは、ヒントにフルネームを教えてくれます。

「コリンナ・バビントンですよ……」

「バビントンって……コナー・バビントンさん⁉」

私の脳内に、書庫の司書であるコナーさんのお顔が浮かびました。あの穏やかで優しい、だけどちょっと選書に癖があるおじ様です。あっ！　コリンナさんにお顔がそっくりです！

「そう……私の父は宮廷の書庫で働いています。ルナさんはいつも熱心に本を読まれる勤勉な方だと、父は常々感心していました」

「そ、そうだったんですね！　コナーさんにはいつもお世話になっています！」

まさかコナーさんが我がクラスの委員長のお父様だったとはつゆ知らず、私の宮廷での挙動不審さがクラスメイトに知られているのではないかと、恥ずかしくなりました。

コリンナさんはご自分のポケットに手を入れると、コッソリと封筒を出しました。

「それでこれ……父のコネクションのおかげで、私も舞踏会の招待状をいただいたのです」

「あ、そ、そうなんですね」

教室の令嬢たちの目に招待状が触れないように、私とコリンナさんは小さな輪になって内緒話を続けました。コリンナさんは不安げなお顔です。

「私、お勉強ばかりで舞踏会なんて行ったことがなくて……ドレスもダンスもまるでわかりませんの」

「ええ、ええ、わかります！　私もそうです」

「ルナさんは王子様専属の聖女だから、参加されると父から聞いて。もし舞踏会でお会いしたら……私とお話ししてくださいますか？」

「も、もちろんですよ！　私もきっと、隅っこの柱に隠れていると思うので」

コリンナさんは私の自虐に安心したように笑いました。

「良かった……私はアンディ王子殿下の婚約者など、とてもじゃないけど立候補できないですが、せめて舞踏会でひとりぼっちになりたくなくて」

「ひとりぼっちになりませんよ！　一緒にケーキとかお菓子とか、いっぱい食べましょう！」

コリンナさんの満開の笑顔に、私も嬉しくなりました。コリンナさんの静かな性格は、引っ込みじあんの私と似ている気がします。これって、初めてお友達ができたということでしょうか？

コリンナさんは教室を見渡して、溜息を吐きました。

「皆さんはドレスやお化粧だけでなく、町の薬屋で美容薬まで買って自分を磨いているとか……世界が違いすぎて私、付いて行けません」

「そうですね。皆さん熱心な戦士ですよね」

「戦士……？」

「あ、いえ、おほんっ」

　チャイムが鳴って、コリンナさんも私も席に戻りました。姿勢を正す真面目なコリンナさんの背中を眺めながら、私はほんのりニヤけました。とうとう、お友達が。しかも似た者同士の友が、私にできたのかもしれません。

第八章 舞踏会の大事件

嬉し恐ろし武闘会……いいえ、舞踏会の日がやってきました。

夕方の晴れた空に花火が打ち上がり、宮廷の広場には続々と、各方面から貴族の馬車が集まりました。

そこから降りるのは、蝶か花か。色とりどりのドレスで着飾った令嬢たちが列を成し、それはそれは華やかな催《もよお》しとなりました。

舞踏会の会場にはドレスに負けないほどカラフルなお菓子やお食事が溢れていて、招待された皆様は優雅に歓談しております。

私、ルナ・マーリンも精一杯のドレスアップをして、会場の端っこに佇んでおります。

あれから結局、アンディ王子殿下は私が黒や灰色のドレスを着ることを許さず、思いきりキャンディカラーな黄色いドレスをベルタ嬢に発注したのでした。

「可愛いっ！　可愛いわ、ルナ‼」

お姉様はもう大喜びで、チューリップのように明るい私の周りをグルグルと回っております。

「お、お姉様が喜んでくださるなら良かったですけど……私には派手すぎませんかね……」

「いいえ！　とても似合っているわ！　ルナの水色の瞳とドレスの相性がピッタリだもの。この

紫がかった紺色のリボンが大人っぽくて、淡い黄色が締まって見えるのね。さすが一流のデザイナーだわ」

お姉様は感心しながら、お皿に盛ったケーキを頬張りました。

会場の真ん中では戦闘態勢の整った令嬢たちが集まり、次々現れる男性陣に目を光らせているのですが、お姉様はスイーツにしか興味がないようです。リフルお姉様こそ、サファイア色のドレスがよくお似合いで素敵なのですが……。

わっ、と声が上がって、すわアンディ王子殿下の登場かと思いきや、現れたのはエヴァン王太子殿下でした。

黒髪に青い瞳のエヴァン王太子殿下は品格に溢れています。優しい笑顔に令嬢たちは歓声を上げて、王太子殿下を取り巻きました。

とはいえ、エヴァン王太子殿下にはすでに隣国のお姫様が婚約者としていらっしゃるので、今回の令嬢たちの狙いはやはり、アンディ王子殿下なのです。

「ふうー……」

いつ標的のアンディ王子殿下がいらっしゃるのか気が気でないですが、私には本日一番の目的があるので、そちらに集中しなければなりません。

「まあ。ルナったら、テーブルをそんなに見つめてどうしたの?」

リフルお姉様は私の行動を訝しげに眺めています。

私は食事に怪しい薬……つまり惚れ薬を仕込む者がいないか、見張っているわけです。しかし想像以上のテーブルのサイズ、そして料理の数の多さに、私は目眩がしました。バートさん率いるコック団の気合いが入りまくっています。こんなに広大なスペースを一人で見張れるでしょうか。

目線を会場の中央に戻すと、まるで猛禽類《もうきんるい》のように目を光らせた令嬢たちが、扇子《せんす》で牙を隠してギラギラとしています。

私はその激しさに喉が詰まりました。豪華な羽やリボンや宝石がこれでもかと主張していて、惚れ薬どころか、王子様が丸かぶりで食べられてしまうのでは、と恐怖が湧きます。

いつものアンディ王子殿下の取り巻きたちも、今日こそはと毒々しいまでに着飾って、互いを牽制《けんせい》しあっているようです。

しかしさらに光り輝くのは、あのリーリア子爵令嬢です。ピンクの髪をド派手に結って、大胆かつキュートなピンクのドレスを、大輪の花のように咲かせているのです。

「ま、眩しいっ」

私は思わず、柱の陰に隠れました。キャンディカラーを見事に着こなすリーリア令嬢に、自分のドレス姿を晒す勇気が湧きません。急に自分だけがこの場から浮いている実感が湧いて、恐怖で柱から出られなくなりました。

そうこうするうちに王様が、王妃様が登場し、そしてひときわ甲高《かんだか》い歓声に囲まれて、アンディ王子殿下が現れました。

「あ、あ、ああ〜っ」

私は柱の陰から叫びました。アンディ王子殿下の、あまりに凛々しく美しい姿に衝撃を受けてしまったのです。金色のサラサラとした髪がシャンデリアの灯りで煌めいて、バイオレットの瞳が凛として。不敵な笑みをほんのり浮かべた口元は、なんとも色っぽい！　濃紺に金の刺繍が施された正装には第二王子として王家の紋章が飾られて、近寄り難い高貴なオーラを放っています。

あの方が、私が添い寝をさせていただいている王子様？

信じられません。あまりに尊いので、畏敬の念で私は消滅しそうです。現に柱の陰と己が合体して、一歩も動けないではないですか。

それなのに、リフルお姉様は信じられない行動に出たのです。

「ルナ！　アンディ王子が来たわ。見に行きましょう！」

無邪気なお顔で私の腕を掴むと、一気に柱の陰から引きずり出したのです！

「ちょっ、お姉様⁉　む、無理無理無理無理！」

お姉様は力がお強い！　私はあっという間に引きずられて、会場で一番熱いスポットに近づいたのです。熱っ！　王子様への求愛の熱気が熱い！

肝心のアンディ王子殿下はギュウギュウ詰めのドレスの海の彼方《かなた》にいらして、近づくことも叶《かな》いません。令嬢たちのお尻や肘に押されてバウンドしているうちに、リフルお姉様はあらぬ方向を見て立ち止まりました。

「……お姉様？」

お姉様は小さく呟きました。

「まあ……ギディオン様！」

お姉様の視線の先を見ると、王子様とは逆方向から、やたらと大きな方がやってきました。貴族の青年らしく正装していますが、普段は絶対鎧《よろい》ですよね？　という筋肉質の体と、漢《おとこ》らしく大きな傷跡のあるお顔です。

「リフル様！　まさかお会いできるとは光栄です」

ギディオン様はリフルお姉様のお顔を見て、嬉しそうに目を輝かせました。リフルお姉様も優しく微笑んで、私を振り返って紹介してくださいました。

「こちらは騎士団長のギディオン・ハンター様。この子は私の可愛い妹、ルナですわ」

「おお、貴方が噂の夢使いの！」

リフルお姉様曰く、任務で大怪我を負ったギディオン騎士団長をお姉様が宮廷の医務室で治癒したらしく。その後長らく入院していたけど、今日の舞踏会に退院が間に合ったのだそうです。

それにしても、お姉様のこんなお顔は初めて見ました。いつも淑やかで綺麗なお姉様が、少女のように可愛らしく見えるのです。騎士団長が大きいというのもありますが、お姉様のお顔はすっかり乙女のようで……。

騎士団長がお姉様の手を取って、いつの間にか流れ出した音楽に誘われるように、二人は会場の中央へと向かいました。

「な、なんと、リフルお姉様と男性がダンスを⁉」

お姉様の恋の予感にうつつを抜かしている間に、気がつくと後ろにあったドレスの波が花道のように割れて、私の真後ろにアンディ王子殿下が立っていらしたのです。尊い気配に私は振り返り、思わぬ近さに驚いて飛び上がりました。

「ぎょえ⁉」

「ははは。何て声だよ」

いつもの不良みたいな口調の王子様。だけどキリッと王子様らしくお顔を引き締めると、極上のボイスでおっしゃったのです。

「ルナ。似合ってるよ、ドレス」

「えっ、おっ、あっ」

もはや会話さえできないほど狼狽える私のちんまい手を、王子様は支えるように優しく取りました。

「さあ、踊ろう」

格好よく振り返ってドレスの波の間を縫って戻る王子様の、良い香りに誘われるように私はついて行きました。

両側の花道には令嬢たちの唖然とした顔が並んでいましたが、私は頭が真っ白で、王子様の凛々しい背中しか見えません。

会場の中央はより一層明るく広く、重厚な音楽がお腹に響くほど大きく感じます。大勢の人が遠巻《とおま》きに囲む中、私はまるで王子様と世界で二人きりのように、手を取ったまま向かい合いました。

どんなステップを踏むのかは、あれだけ夢の中で特訓したのですから、わかっていたはずです。でも、私の足は床と接着されたようにビクとも動きません。やがて周囲の不穏な騒めきを感じて、恐怖が大きくなっていきました。

未だかつてなく、多くの人に見られている。

それは羨望というよりも、困惑と嫉妬と、怒りの眼差しで。

真っ青な顔の私に、王子様はそっと近づきました。

ふあ、いい匂い。

そして小声で耳打ちしたのです。

「ルナ。ここは夢の中だ」

「ゆ、夢？」

「ルナが支配する夢の中だよ」

まじないをかけるように繰り返した後、スッと離れた王子様は音楽に合わせて、私をエスコートしました。

ステップ、ターン。ステップ、ターン！

景色も観客も、パレットに混ざる絵具のように回転して、王子様だけが真っ直ぐ私を見つめています。なんて贅沢で、なんて美しく、貴重な絵でしょうか。この一瞬の思い出だけで、百年は生きる！　などと大仰な感動をしながら、私は王子様の「夢の中だよ」という言葉を信じて夢中で踊ったのです。

ジャン。

小気味《こきみ》良い音楽の終わりとステップが綺麗に揃《そろ》って。我に返った私に、王子様はニヤリと笑いました。その不敵な笑顔で、私は上手に踊れたのだとわかったのでした。

　私たちを取り囲んでいた令嬢の集団は、怒りを忘れてただ呆然と立ち尽くしていました。一瞬の沈黙の後、わっ、と雪崩た波は再びアンディ王子殿下を取り囲みました。「私も！」「いえ私と！」とダンスの要求の声が響いて、私はドン、ドシン、とお尻に跳ね飛ばされて、輪の外へと追い出され……最後はトドメのようにドーン！　と突き飛ばされて、私は床に転がりました。

見上げると、キャンディピンクなリーリア令嬢がキッ、と私を睨み下ろしているではありませんか。私は恐怖で転がったまま這いつくばり、そのまま隅にある柱の陰へと走り逃げました。

信じられません。あの苛烈な戦場の中で、王子様と踊った？

この私が？　まるで本当に夢だったみたいです。

再び戦場となった会場の中央から離れて、住み慣れた柱の陰に到着しました。

が、なんとそこには、先客がいたのです！

「ひっ、ひええ⁉」

陰の中に立っていたのは、包帯でグルグル巻きになった、ドレス姿の令嬢でした。すわ、舞踏会に棲む亡霊かと、腰を抜かしました。しかし。

「私です……ルナさん……」

包帯グルグル巻きの令嬢は、聞き覚えのある声で私の名を呼んだのです。私は目を見開いて、包帯のお顔を見つめました。

「えっ⁉　コリンナさん、ですか⁉」

コリンナさんとは、先日教室で初めてお話しした、優等生で委員長のクラスメイトです。ドレスもダンスもまるでわからない、とはおっしゃっていましたが、まさか包帯でお顔を隠して来るなんて。

「ど、どうされたんですか⁉　その包帯は⁇」

コリンナさんはさらに柱の陰に隠れて、小さなお声で理由をお話ししてくださいました。

「それが……私はやってしまったのです……」

こんなに包帯グルグルになるようなコリンナさんの失態とは？

「な、何をやってしまったんです⁉」

「私は私のコンプレックスを解消して舞踏会に挑もうと……欲をかいたのです」

包帯令嬢、いえ、コリンナさんは扇で包帯のお顔を隠しました。

「欲……とは？」

「薬です……あの町の薬屋に行ったのですよ……」

なんと、コリンナさんは例の美容薬を求めて薬屋に行ったのです。予想外の行動に驚く私から、コリンナさんは目を逸らしました。

「呆れましたでしょ……？　婚約者になど立候補できない、と言っておきながら。でも、私は少しでも王子様に綺麗に見てほしかったのです……」

痛いほどコリンナさんの気持ちがわかって、私は泣きそうな顔で何度も頷きました。私だって、リフルお姉様に釘を刺されていなかったら、飛びつく勢いで薬を買い求めたに違いありません。

だけど……私は疑問を感じました。

いくら薬には副作用があるからって、包帯グルグルになるほど酷い目に遭うだなんて。

「こんな包帯姿になって、驚きますよね……薬は飲み合わせが悪いと危ないので、一週間に一種類ずつと、処方箋《しょほうせん》には書かれていたのです。なのに私は欲張って、目が輝く薬と、肌が綺麗になる薬を同時に飲んだのです。舞踏会に間に合わせたいと思って……そうしたら今朝、顔が腫《は》れ上がってしまったのですよ」

私は飲み合わせの恐ろしさに衝撃を受けました。薬には副作用だけでなく、そんな落とし穴があるなんて！　私はオロオロとしながら、コリンナさんの手を握りました。

「た、大変でしたね。リフルお姉様に診《み》ていただきましょう！　少しでも早く治るように」

「うっ、うっ……ありがとうございます。ルナさん」

柱の陰で友情が輝いたその時、会場の中央から大きな悲鳴が響いたのです。

「キャーーッ‼」

私もコリンナさんも驚いて、悲鳴の方向へ振り返りました。

ドレスの波が輪のようになって、何かを取り囲んで騒いでいます。令嬢たちの壁が厚くて、ここからでは何が起こったのかまったく見えませんが、口々に叫び声が上がりました。

「急に倒れたわ！」

「大丈夫ですの⁉」

「誰か、お医者様を！」

急病人が出たのだと察して私が焦っていると、コリンナさんは心配そうに溜息を吐きました。

「私のように、欲張って薬を飲んだ方が他にもいたのかも……」

私はコリンナさんの言葉に突き動かされるように、その場から駆け出しました。もしそうなら、コリンナさんのようにお顔が腫れてしまうかもしれない。いえ、もっと沢山の飲み合わせをしていたら、さらに酷い症状が出るのかもしれない。

令嬢のドレスの壁の隙間に捻るように入り込んで、私は騒動の中心にたどり着きました。が、そこには予想外にショッキングな場面があって、私は硬直《こうちょく》しました。

アンディ王子殿下が跪いて、倒れているリーリア子爵令嬢を抱き留《と》めていたのです‼

「あっ！　あうあう！」

どうしました⁉　と言うつもりが、あまりにドラマチックな情景《じょうけい》を目の当たりにし、私は言葉を失いました。

意識がないように見えるリーリア令嬢はまるで眠り姫みたいで、それを心配そうに抱く王子様のお顔も色っぽく……不謹慎《ふきんしん》ながら、お似合いすぎてショックを受けてしまったのです。

そんな木偶《でく》の坊《ぼう》と化した私の真横を、素早く通り抜ける影がありました。

「急病者はどこです⁉」

毅然とドレスの裾を捌いて跪いたのは、リフルお姉様でした。お姉様は即座にリーリア令嬢の手首を取って脈を測り、目蓋を開けて眼球の動きを調べました。そしてすぐに振り返り、野次馬に向かって叫びました。

「この方のお付きの者は⁉」

すると呆然と見学していた集団の中からひとり、侍女と見られる女性が手を挙げて現れました。

「は、はい！　リーリアお嬢様のお付きで参りました」

「持病や投薬の履歴は⁉」

侍女の方は青ざめて、戸惑いながらお姉様に伝えました。

「じ、持病はありません。薬は美容目的で何種類か飲んでいて……その、五種類ほど」

侍女の発言に、私は衝撃を受けました。先ほどコリンナさんがおっしゃった通り、美容薬を重複して飲んでいる令嬢が他にもいたのです。しかも、五種同時に！　なんと無茶な行為でしょうか。

同じことをリフルお姉様も考えたようで、お顔を歪《ゆが》ませました。

「何の薬をどれだけ服用したか、全部教えてください！」

侍女は慌ててリフルお姉様のもとに跪いて、指折り数えながら薬の名前を挙げていきました。

固まったままの私の周辺からは、令嬢たちの不安げな騒めきが聞こえます。

「え、あのお店の薬で？」

「怖ーい！」

「私も二種類飲んでるんだけど……」

何てことでしょう。

美しくなりたいという令嬢たちの欲求は、処方箋を無視して危険な橋を渡るほどに過熱していたのです。飲み合わせの相性が悪ければ、コリンナさんのようにお顔が腫れたり、リーリア令嬢のように意識を失ったりするのに。

そんな怯える令嬢たちをよそに、リフルお姉様は一人戦場にいるように活躍しています。

「副作用に幻覚作用のある薬と、意識を朦朧とさせる薬を飲み合わせているわ。アンディ王子！その子を床に寝かせて！」

王子様はお姉様の指示に従ってリーリア令嬢を床に寝かせると、走ってきた側近のクリフさんからクッションを受け取り、頭の下に敷《し》きました。お姉様は渾身《こんしん》の力で治癒の光を照らし、全員が息を飲んで、その過程を見守ったのです。

だけど、お姉様が続けて発した緊迫《きんぱく》するお声に、舞踏会の空気は凍りつきました。

「駄目……！　このままでは、この子は脳死する！」

誰もが絶句する中で、アンディ王子殿下がリフルお姉様に問いただしました。

「脳死っていったい、どういうことだ⁉」

さっきまで毅然としていたお姉様は顔色を悪くされていて、周囲もその様子に重い沈黙となりました。

「心肺は微弱ながら動いているわ。だけど意識は昏睡《こんすい》状態に陥っている」

お姉様は歯を食いしばっています。

「薬の相性があまりに悪い。時間を追うごとに脳の機能が低下していく」

深刻な説明に周囲から小さな悲鳴と泣き声が聞こえて、私は目の前が真っ暗になりました。

あの美少女で意地悪で、存在がお強いリーリア子爵令嬢が？

ありえません。

私は無意識のまま、ブチィ！　と、自分の首に飾られたチョーカーを引きちぎりました。

「えっ？」

隣で泣いていた令嬢が私の行動に目を丸くしましたが、私は続けてヒールの靴を投げるように右、左、と脱ぎ捨てました。

いよいよ恐怖によって錯乱《さくらん》したかと、周りもアンディ王子殿下も唖然とこちらを見ています。

続けてイヤリングや頭のリボンや、私を装飾するチャラチャラとした物すべてを剥ぐように投げ捨てました。そしてドレスの背中のホックを外そうとするも手が届かずに、大声で叫びました。

「これ！　外して‼」

鬼のような形相に隣の令嬢はビビッと背筋を伸ばして、すぐにホックを外すのを手伝ってくれました。

「それからこのコルセットを緩めてください！」

　私が猛烈な勢いでドレスを脱ぐ様に全員が怯えましたが、王子様の側近のクリフさんは私に駆《か》け寄って、露わになった背中を隠しました。

「ちょっと、ルナさん⁉　いったい何をして……」

「窮屈《きゅうくつ》だと集中できないので！　クリフさんは枕を持って来る！　早く！」

　クリフさんは訳がわからないまま、言われた通りにソファに走って、両手にクッションを沢山抱えて来ました。

　リフルお姉様だけが、私の行動の理由を読んで息を飲みました。

「ルナ……あなたまさか」

「はい。私が潜ります。リーリア令嬢の昏睡した意識に」

　ざわ、と周囲が響めきました。誰もが意味がわからずに動揺しています。私はリーリア令嬢の左手を取り、隣に添い寝をしてリフルお姉様に伝えました。

「途中で絶対に起こさないでください。必ずリーリア令嬢の意識を醒まして、私も戻りますから」

「ル、ルナ！　危険だわ！　だってそれは……」

　私とお姉様の間で、視線だけの疎通がありました。

　そう。二人は同じことを思い出していますね。

　私たちのお祖母《ばあ》様が逝《い》ってしまった、あの日のことを。昏睡から戻らない祖母の意識に、私がダイブをしたあの日を……。

お姉様の瞳は、恐怖と心配の涙が溢れていました。

「ルナ！」

反対側から呼び掛けとともに、アンディ王子殿下の温かい手が、私の手を握りました。

「俺も行く！　一緒に連れていってくれ」

「へ⁉　お、王子様も⁉」

私の驚きと同時に、側近のクリフさんが割って入りました。

「駄目です！　アンディ王子の御体《おからだ》を危険に晒《さら》すなど……！」

アンディ王子殿下はフン、と鼻で笑いました。

「クリフよ。我が国民の、しかも少女の危機だぞ。ここで動かなければ、王子の存在意義がどこにある。俺は何に備えて日々鍛えているのだ」

クリフさんはグッと息を詰めて、会場の奥にある上座に目をやりました。そこには王様と王妃様が立ち上がってこちらを見守っており、そしてクリフさんに向けてゆっくりと頷いたのです。

クリフさんは唇を噛みしめて、クッションを王子様の下へ置きました。

「殿下。必ずや無事にお戻りください」

「当たり前だ」

王子様の口調はいつものように軽いですが、私を握る手は力強く私を励ましていました。私はもう何も言わずに、王子様と並んで横になったまま、目を合わせて頷きました。

「ふごっ……」

こんな時でも寝入りが早いのは、私の特技でございます。

第九章　トラウマと欲望と

「引っ張られるみたいに意識が落ちたぞ！」

「私が引っ張りました！　時間がないので！」

私と王子様は手を繋いだまま、長い距離を落下しています。

ここはリーリア子爵令嬢の夢の中。いえ、もはや夢でもありません。昏睡する意識の中でございます。

深い深い、霧の中をずっと落下する私は魔法使いの格好を。王子様は勇者のような勇ましい格好をしています。以前に見た、ダンジョンの夢の続きのような設定です。

「ダンジョンごっこしてる場合じゃないだろ⁉」

「いえ、落下地点には危険な物がいるので！」

「⁉」

説明する間もなく、私たちはふわり、と地面に降り立ちました。ここは意識の最下層でございます。ただ広く暗い空間の全体を包み込むように、シナプスの回線が複雑に空中に張り巡っています。

「王子様。あのシナプスは決して壊さないでください。あれはリーリア令嬢の記憶や思考回路なので」

「え、ええ⁉」

「そして私たちが倒さなければならないのは、あれです」

私が杖で指す先から、ワラワラと何かの集団が走ってきました。それは朽ちた緑や紫の燻《くす》んだ色の……。

「や、野菜⁉」

そう。人参やセロリや玉ねぎが、腐った状態で手足を生やして、走って来るのです。どうやらリーリア令嬢は偏食家《へんしょくか》で、野菜嫌いのようです。

「これは意識の底にあるトラウマです！　リーリア令嬢はトラウマから隠れて、もっと奥で眠っているはずですから！」

私は杖を翳して、ダッシュしてきた玉ねぎを討ち倒しました。王子様も私と背中を合わせて、反対側から襲って来た人参を斬り伏せました。次から次へとやって来る腐った野菜を、私たちは息つく間もなく倒していきます。

「まるで料理だな！　野菜が敵になるとは」

「誰しもこのようなトラウマを抱えています！　それは虫だったりオバケだったり、人それぞれなのですよ」

腐った野菜の亡骸《なきがら》が山になる頃、意識の底は静かになりました。私も王子様もハァハァと息を吐きました。

「上空に大切なシナプスがあるから、こうして地道に倒すしかなくて。王子様、大丈夫ですか？」

「ふふん。稽古に比べればどうってことないさ」

強がる王子様も麗しくて、私は興奮しそうな胸を押さえて、空間の奥を指しました。

「あのずっと奥に、リーリア令嬢の意識の核があるはずです。まだトラウマが襲ってくるかもしれないから、油断しないで」

私と王子様は周囲に警戒しながら、暗く細く続く道を歩きました。

その道中には、垂れ下がるシナプスに紛れて、異様な物が大量に壁や空中にありました。巨大な真珠のネックレス、壊れたお人形、粉々の鏡に、無数のリップスティック。床は錠剤《じょうざい》の砂利道《じゃりみち》のようです。

「何なんだこれは……」

「きっと忘れたい物や忘れられない物、執着《しゅうちゃく》している物が意識の下層《かそう》に残っているのだと思います。お祖母様の時もそうでした」

「お祖母様？」

「はい。私は幼い頃に、昏睡したお祖母様の意識にダイブしたことがあるのです。死の間際の祖母を連れ戻そうとして」

王子様は驚いて息を飲みました。

「つ、連れ戻せたのか？」

私は泣きそうな顔を見せないように首を振りました。

「駄目でした。昏睡した意識の中の祖母は……すでに亡くなっていて。思い出も思考も、もっとバラバラになっていて……体だけが生きていたんでしょうね。私は廃墟のような祖母の意識の中から、ショックでしばらく出られなくなって……お姉様にご心配をかけたのです」

話し終える頃には、私は涙と鼻水が滝のように溢れていましたが、同時に体全体が、優しく王子様に包まれていました。なんと温かい包容でしょうか。

「ルナは強いな。それに優しい」

「お、王子様こそ。ついて来てくださったじゃないですか」

王子様はすぐに体を離すと、そのまま奥に向かって歩き続けました。

「廃墟か……ならばリーリア令嬢の意識はまだ形を成しているな」

「はい。意識が生きている証拠です。シナプスが光っていますから」

私たちは歩みを止めます。長い通路は行き止まりとなって、目前には巨大な扉が現れたからです。

王子様は私を見下ろして、男らしく微笑みました。

「よし。ならば必ず現実の世界にリーリア令嬢を連れ戻そう」

「はい！」

二人で重い扉を押し開けると、眩しいほどの明かりが私たちを照らしました。やはり、トラウマから自分を守る部屋の中には、リーリア令嬢が安心して眠れる場所があったのです。

「うっ……うわーー⁉」

悲鳴を上げたのは王子様でした。

そこには、王子様の想像を絶する光景があったからです。王子様が叫ぶのも無理はありません。私も驚きで蛙みたいな声が出ましたし、正直、恐怖よりも興奮が勝りました。

リーリア令嬢の意識の核のお部屋は、キャンディカラーなピンク色の、可愛らしい空間でした。所狭しとリボンやぬいぐるみ、可愛いクッションやカーテンに囲まれて。中央には真っ白なファーでできたキングサイズのベッドもあって、リーリア令嬢はその上で優雅に寛いでいたのです。

が、しかし異様なのは、リーリア令嬢を囲む者たちです。執事のようなスーツを着たり、学園の制服だったり、第二王子様の正装であったり。五人はいるでしょうか。アンディ王子殿下のハーレムです！

「お、俺が沢山いる⁉」

「ふ、ふおお！　眼福‼」

どの王子様も色っぽく、こちらを睨んでいます。手にはフルーツやシャンパングラスを持って、リーリア令嬢のお世話をしている様子。

リーリア令嬢は気怠そうにこちらに目をやると、舌打ちをしました。

「何よ、人の部屋に無断で入って！　しかもチンチクリンじゃないの！」

「チ、チンチクリン？」

はて。もしや私のことでしょうか。私と王子様が唖然とする姿に、リーリア令嬢はますます苛立ちました。

「そうよ。さっきはよくも嫌な物を見せてくれたわね！　王子様のファーストダンスは私がお相手すると決めていたのに！」

「す、すみません！」

「謝って済むと思って？　コネで専属聖女とかやってる、インチキのチビクリンが‼」

興奮しすぎて破綻《はたん》した語彙の罵倒《ばとう》に、私は苦笑いするしかなく。隣の王子様は絶句しております。

お怒りのリーリア令嬢を、五人のハーレムの王子様は優しく宥めました。

「ああ、リーリア姫。せっかく穏やかに眠るところだったのに」

「あんな奴ら気にしないで、俺の胸でゆっくり眠るんだ」

「一緒に二人だけの世界に行こう」

王子様の甘いお声が重なるように輪唱して、私まで気持ちよくなりそうですが……いやいや、それは駄目です！

「リーリアさん！　楽な方に引っ張られないで！　それは幻覚で、薬の副作用ですから！　全部偽物《にせもの》の王子様なんです！」

「はあ？　あんたが連れてる王子こそ偽物じゃない！」

リーリア令嬢に言われてそっと隣の王子様を見上げると、なるほど。いつもの王子様らしからぬ、ゲッソリとしたお顔。自分が沢山いる状況に滅入《めい》っているようです。

リーリア令嬢は大きな枕に伏せながら、五人の王子様に命令しました。

「私はもう眠いのよ！　あのチンチクリンどもを退治して‼」

「‼」

五人の王子様は剣を構えて、こちらに向かって来ました。

あわわ、イケメンが五人！　私は王子様に杖を向けるなんてできず、咄嗟に頭を抱えました。

見かねた本物の王子様が前に出て、執事の王子を斬り倒して叫びました。

「ルナ！　ここは俺に任せて、後ろの奴を頼む！」

後ろを振り返ると、リーリア令嬢の顔を持つ巨大な蜘蛛《くも》が、沢山の手で本物の王子様を捕《と》らえようとしていました。五人も王子様を侍らせているのに、さらに王子様を増やそうとするリーリア令嬢の貪欲《どんよく》さに、流石に私も腹が立ちました。

「に、偽物って言ったくせに！　欲張りですよ⁉」

私が巨大リーリア蜘蛛と応戦し、王子様が偽王子を斬り、その間もリーリア令嬢はベッドの上でウトウトと寝てしまいそうです。

「駄目っ！　寝ては駄目です！　意識を手放さないで！」

「うっさいわね〜……もう疲れたのよ……」

何本も腕を失いながらも猛攻《もうこう》してくるリーリア蜘蛛に苦戦しながら、私は王子様を横目で見ました。

リーリア令嬢は学園で、王子様の剣術をしっかり見学しているのでしょう。剣捌きが本物の王子様とそっくりで、鎧を纏った偽王子と勇者の王子様は接戦を繰り広げています。どちらも格好いいですが、本物である勇者王子を応援するしかありません。

ガイン！

鈍い音とともに鎧の王子の剣が弾かれて、鎧の隙間から首を突かれました。な、なんと残酷な！　私がショックを受けている間に勇者の王子様は鎧の王子を前蹴りで倒し、そのままファーのベッドに飛び乗ると、殆ど眠りかけているリーリア令嬢の体の上に跨《また》がったのです。

私は蜘蛛の相手で手一杯の中、一見エッチな展開に見えてショックを受けましたが、直後に王子様はリーリア令嬢に、予想外の行為をしたのです。

パーーン！

「えっ？」

リーリア令嬢のお部屋に、乾《かわ》いた音が響きました。

ベッドの上に飛び乗ってリーリア令嬢に跨った王子様は、何とリーリア令嬢の胸ぐらを掴んだ上で、ビンタをかましたのでした。

私もリーリア令嬢も、王子様の乱暴に目を見開きました。しかも、続けて王子様は怒鳴ったのです。

「てめえ、いい加減にしろ！　いつまで幻に縋ってんだ！　本物の俺はあんなに優しくないし、楽な方へと誘惑なんてしないぞ！」

リーリア令嬢は不良みたいに怒る王子様を初めて見たのでしょう。ショックのあまり、石のように固まっています。

それに同調したのか、巨大な蜘蛛のリーリア令嬢もガラガラと音を立てて、崩れ落ちました。

私は遠くから、お怒りの王子様の背中を見ながら頷きました。そうなんですよね。王子様は気怠い優男に見えて、結構スパルタなんですよ。私は勉強とダンスのレッスンで思い知りましたから。

王子様は続けて私の方を指さしました。

「それにな、ルナがインチキの聖女だとか、どこ見てほざいてやがる。お前を助けに来た命の恩人だぞ！　現実をしっかり見ろ！」

リーリア令嬢は涙ぐんで歯を食いしばっています。眠気が吹っ飛んだのか、毅然とした目の光が戻ってきました。

王子様はそれを見て、「ふ」と微笑みました。

「お前みたいに向上心が強い奴は嫌いじゃない。殴って悪かったな。もう目が醒《さ》めただろ？」

急に優しいお声になったので、リーリア令嬢は頬を染めて頷きました。そして体が透《す》けるように淡くなって、ベッドの上から消えてなくなりました。

まるで成仏したような消え方に、王子様は焦って私を振り返りましたので、私は笑顔で手を広げてみせました。

「周りを見回してください。ここはもう、リーリア令嬢の意識の中ではないですよ。リーリア令嬢は目を醒まして現実に戻ったので、今は私の夢の中です」

周囲は草原と青空に景色が変わっています。

散々暗い意識の底を歩いたので、明るい場所がいいかと思って。

「はぁ……。良かった。俺が殴《なぐ》ったせいで死んだのかと思った」

野原に脱力するように座って天を仰ぐ王子様に、私は歩み寄りました。

「王子様は飴《あめ》と鞭《むち》を使うのがお上手ですから。リーリア令嬢は王子様の新たな面を見て、惚れ直してしまったんじゃないですかね」

私は嫉妬が混ざって心配を口にしましたが、王子様は薬のことが気になっているご様子。

「それにしても、処方箋を無視して命懸けで薬を飲むとはな。そんなに美容が大事か？」

「女の子は誰だって、綺麗になりたいですからね」

「ふん。だがその薬屋は廃業だな。副作用の強い薬を売って国民を危険な目に遭わせるような店は、クリフを調査に行かせて取り締まる」

王子様は草を払って立ち上がりました。

私はもやもやとした気持ちのまま、王子様を見上げました。

「あの。さっき、嫌いじゃないって、おっしゃってましたね。リーリア令嬢のこと……」

「まあ、いろんな意味でパワーがあって、面白い奴だと思うよ」

「美少女ですし、お似合いですもんね……」

ネチッとした私を戒《いまし》めるみたいに、王子様は私のおでこをパチン、とデコピンしました。

「何が言いたいんだ？　ハッキリ言えよ。ルナは俺に言わなきゃいけないことがあるだろ？」

「え？」

「俺は何度もルナに言っているぞ」

私は慌てて頭を巡らせました。王子様が言ってて、私が言っていないことって？

「あ、ありがとうございました？」

まずはお礼を述べた私に、王子様は首を振りました。違ったようなので、いくつか素直な言葉を口にしてみます。

「王子様は格好いい」

「尊いし……」

「色っぽい！」

口にしながらテンションが上がる私を見下ろして、王子様は溜息を吐きました。

「そろそろ現実に戻るぞ。俺たち二人だけ眠ったままじゃ、心配しすぎてクリフの頭が禿《は》げる」

「ぷっ！　あはは！」

笑う私を王子様は抱き上げて、私の目を間近に見つめました。

嗚呼、美しいバイオレットの宙《そら》に引き込まれるようです。

「鈍感だけど、真っ直ぐなルナが好きだ」

煌く光の粒に包まれて、王子様の麗しいお顔も私の惚けた顔も、夢の中から消えていきます。

「ルナが好きだ」「好きだ」……。

ああ、なんて甘美なお言葉でしょうか。


私はそっと、現実の体の目を覚ましました。

同時に、目前にある天使の寝顔の王子様も、バイオレットの美しい瞳を開きました。

周囲のどよめきや歓声が遠くに聞こえる中、私たちは互いの顔を見つめ合っています。

そしてすぐに、クリフさんが王子様に縋りつきました。

「アンディ王子！　よくぞご無事で！」

クリフさんは鉄仮面ですが、王子様のことになると涙脆《もろ》いようです。

私も体を起こして、空になった左手を確認し、側に跪くリフルお姉様を見上げました。お姉様は心配でずっと泣いてらしたのでしょう。真っ赤な目で微笑んでいました。隣ではギディオン騎士団長がお姉様の肩を支えてくださっています。

「ルナ。戻ってくれてありがとう。リーリアさんは無事に目を覚まして、病院に運ばれたわ」

私はそれを聞いて、安堵で体の力が抜けました。

そしてもう一度王子様の方を向くと、手を繋いだままの王子様は優しく微笑んでいました。

私は現実味のない状況に呆然として、未だ夢の中に二人だけの気がして……。

そして自然と、言葉が口をついたのです。

「好きです。王子様」

すると王子様は、少し驚いた後に不敵な笑みを浮かべました。

「やっと言ったな。俺も好きだ。ルナ」

そして私の首の後ろを片手で支えると、私のおでこにそっと口づけをしました。

その後のことは覚えていません。令嬢たちの悲鳴が会場に大きく響いた気がしたけれど、私は完全に王子様と二人だけの世界にいたのです。

第十章　夢使いの幸せ

「いや～、あっはっは。やりますねえ、ルナさん」

クリフさんはご機嫌なお顔で、何度も頷いています。

舞踏会は大きな事件がありましたが、リーリア令嬢が助かったということで、円満にお開きとなりました。

私の一連の活躍を目の当たりにした王様と王妃様は、いたく感銘を受けたと私を労ってくださいました。緊張しすぎて、褒められた時の記憶が曖昧ですが……。

それから学園の追試の合格発表があって、私は無事に進級できることになりました！

なのでシェフのバートさんが、ご褒美に「進級おめでとう」スイーツ盛りを作ってくださいました。庭園で一人、ニヤニヤしながらスイーツ盛りを貪っているところに、ご機嫌なクリフさんがやって来たわけです。

クリフさんは正面の席に座って、声を潜めておっしゃいました。

「実はアンディ王子は、王様から条件を出されていたのですよ」

「え？　何の条件ですか？」

「王子専属の聖女であるルナさんを、婚約者にする条件ですよ」

「へっ⁉」

思わず生クリームをクリフさんに飛ばしてしまいましたが、クリフさんはサッとハンカチで払って、和かに続けました。

「一つ。勉学を疎《おろそ》かにせず、落第せず卒業すること」

私はギクッと肩を竦めました。

「二つ。王子の婚約者として相応《ふさわ》しい振る舞いを身につけること。マナー、ダンス、社交と社会的常識など」

私は咽せて、慌ててお茶を飲みました。

だから王子様は、あんなに勉強やダンスを真剣に教えてくださったのですね。

……というか、専属の聖女を婚約者にって……。

私の顔は、みるみるうちに真っ赤になりました。私は婚約者候補に入っていたどころか、筆頭《ひっとう》候補だったということでしょうか？　俄かには信じられないことです。

「わ、私が、こ、婚約者って、ほ、本当に？」

驚きすぎて咳き込みが止まらない私をよそに、クリフさんは鞄から大量の書類を出しました。

「はい。これはさらなる守秘項目の追加です。ルナさんが今後アンディ王子の婚約者になった暁には、王家の内情も沢山知ることになりますから。こちらにすべてご署名をお願いします」

出ました。書類の鬼・クリフさん。私はまだパニック状態で事務的な手続きまで頭が回らないのですが、容赦《ようしゃ》がありません。

「ちょ、待ってください！　状況が飲み込めません！」

「待てませんよ。これからルナさんは王子妃に相応しい教育を受けるのですから、忙しくなりますよ」

「お、お、おうじひ⁉⁉」

私が白目を剥いて立ち上がっても、クリフさんは安定の鉄仮面で書類をズイと差し出します。

お、お、おうじひ……！　衝撃のキーワードは私の脳内で何度も木霊《こだま》したのでした。


夜になって。

私はネグリジェで。王子様はパジャマで。

キングサイズのベッドにインしました。

いつも以上にドキドキと赤い顔で緊張する私と対照的に、王子様はムッとしたお顔です。

「クリフの奴。勝手に種明かしをするとは」

「し、仕方ありませんよ～。書類がこう、鬼のような束でして。宮廷の決まり事みたいですし」

緊張しながらも、普段通りに喋ろうと必死の私です。

剣のお稽古から戻られた王子様は、ご不在の間に婚約者の条件についてクリフさんに暴露《ばくろ》されたのがご不満のようです。

「本当は俺からちゃんとルナに説明して、了解を得てからご両親にご挨拶する順番を踏むべきなのに」

「りょ、了解どころか、私も両親も万々歳というか」

思わず本音が出て口を塞ぐ私をよそに、王子様は何かを思い出したご様子。

「あ〜、ルナのお姉様を説得しなきゃか……」

「お、お姉様も応援してくださるかと」

それは嘘ではありませんでした。あの昏睡ダイブの事件の際に、王子様が迷うことなく私の手を取って助けたのを、お姉様は認めてらっしゃいました。

「じゃあ、お姉様が好きなケーキを持って、ルナの家に挨拶に行くよ」

「ひええ、王子様が我が家に⁉　ふおお！」

信じられません。

このように私が王子様の添い寝係になったことも、宮廷で過ごす楽しい時間も、全部夢のようで。私はもしかしたら、長い長い夢をずっと見ているのかもしれません。

「おい。ほっぺが伸びちゃうだろ」

自分のほっぺを最大限まで捻《つね》る私のちんまい手を、王子様は止めました。そしてそのまま私の髪を優しく避けて、おでこに口づけをしてくださいました。

「おやすみ。ルナ」

ほの暗い寝室の中でこちらを見下ろして微笑む王子様の、なんと色っぽいこと！　しかもそのまま少しの間、見つめ合った意味深な眼差し……ドキドキ。

王子様はそのまま私を抱き枕のように抱いて、天使のお顔で眠ってしまいました。

興奮、そして興奮！　私はギンギンと目が冴えて、眠るのに随分と時間がかかったのでした。

＊・＊・＊

グレンナイト王立学園の登校日。

平和な王国の空は、どこまでも晴れ渡っています。

私はいつものように。本を抱えてふわふわと、廊下を歩きます。

しかし、周囲はいつもと違った日々が続いているのです。

ざわざわ、ひそひそ。

以前は嘲笑《ちょうしょう》のような噂ばかりでしたが、私を見て噂をする令嬢たちは、前と違って目がマジになっているのです。

ええ。原因は例の〝ドレス脱ぎ散らかして添い寝聖女事件〟ですよね。

舞踏会のあの一件から、私はいろんな意味で学園の注目の的となってしまいました。王子様の取り巻き軍団は相変わらず王子様を囲っていますが、私が通ると珍獣を見るような眼差しで避けるのです。

そんな中、後ろから幽霊のようなお声が掛かりました。

「ルナさん……ルナ・マーリンさん」

「あっ！　コリンナさん⁉」

コリンナさんはキチンとした制服姿で、笑顔で立っておられました。あの包帯グルグルだったお顔は、綺麗に治っています。

「コリンナさん、もう学園に来て大丈夫なんですね」

「はい！　リフル様のおかげで、すっかり回復しました。その節はありがとうございました……」

丁寧にお辞儀をしたコリンナさんは頭を上げて、私に近づくと小さな輪になって小声でお話されました。

「それから王子様とのご婚約……おめでとうございます」

「えっ⁉　こ、婚約？　まだ、してないですよ⁉」

「父に聞いてもハッキリと教えてくださいませんが……とっくに学園の噂ですし」

「い、いやいや、噂って、私の奇行《きこう》が話題になってるだけのような」

コリンナさんは首を振りました。

「あんな勇敢《ゆうかん》なお姿を見たら、誰もが納得の結果ですよ……私は夢使いなる力を目の当たりにして、感動しました」

コリンナさんにお褒めいただき、私は照れて周囲を見回しました。

そこには噂をする令嬢たちの困惑のお顔、睨むお顔、凝視するお顔……。

「な、納得はされてないと思いますが」

「皆さん、情報が多すぎて現実を飲み込めないのですよ……何しろルナさんにあんな力があるだなんて、誰も知らなかったのですから」

コリンナさんは珍しく明るい笑顔で、舞い上がっているようでした。

「そういえば、例のリーリア令嬢も退院されたようで……あっ」

コリンナさんは途端に怯えたような顔をして、後退しました。

私が後ろを振り返ると、美少女のオーラを放ちながら、リーリア令嬢がこちらに歩いて来たのです。いやはや。結局、薬なんて飲まなくても、元から充分に美少女なんですよね。

リーリア令嬢も私の存在に気づいて、ムッとされました。

「廊下の真ん中で邪魔ですわ」

「あ、す、すみません！」

「ふん」

イチャモンだけ付けて去っていくリーリア令嬢に、コリンナさんは目を剥きました。

「助けてもらったのに、あの態度……」

「い、いえ、実はリーリアさんからは直接お礼をいただいたのですよ」

それは本当でした。お花とお菓子と、いい匂いのするお礼のお手紙が、私の元に届いたのでした。流石の令嬢らしき心配りです。

そこには美しい筆跡《ひっせき》で、助けてもらったお礼と、無礼を働いた謝罪と、それから意識の中で見た物はどうか誰にも言わないでほしい、という懇願が書いてあったのです。

だから私はお返事を書きました。

「夢使いの聖女の、守秘義務ですから」と。

そうしたらまた手紙が来て、今後は薬をやめて野菜を食べようと思う、とあったので、またお返事をして……。

コリンナさんは目を丸くしました。

「えっ⁉　じゃあ……ルナさんはリーリア令嬢と文通してらっしゃるの？」

「文通……してますね。リーリアさんて、見た目と違ってお強くて、面白い方なんですよ」

コリンナさんは「ほえ～」と息を吐いて感心しました。

「ルナさんは変わってらっしゃる……さすが王子様の婚約者に選ばれるだけあって、お心が広いのですね」

「い、いやいや！　ちんまいですよ、私なんて、アタッ！」

謙遜する私の頭の上に、突然ゴツゴツとした物が置かれました。

「王子様⁉」

振り返ると、アンディ王子殿下がクッキーが沢山入った袋を、私の頭に載せていました。

「シェフが新作のクッキーを作ったから、味見してくれってさ」

「お、おおっ！」

王子様は硬直《こうちょく》しているコリンナさんに笑顔を向けました。

「お友達もご一緒にどうぞ」

去っていくスマートな後ろ姿に、コリンナさんも私も「はわわ」と見惚れました。何度見ても、王子様の格好良さには慣れないのです。

＊・＊・＊

その日の夜……。


「きゃはははは！」

私はお姫様のドレスを。王子様はお伽噺に出てくるような王子様然とした装いで。

猛スピードで飛ぶ雲に乗っています！

もちろんこれは今晩の夢の中で、私は遅ればせながら王子様のお誕生日をお祝いしようと、思いきりファンタジーな夢にご招待したのでした。

「お、おい、ルナ！　飛ばしすぎじゃないか⁉」

おっと。いけません。王子様を楽しませるはずが、自分がはしゃいでしまいました。雲のスピードを落として、私は前方を指しました。目前にはピンクと水色が混ざった夢色の空が広がり、星々の下に大きな雲が島のように浮かんでいます。

「王子様、あそこが終点です！」

小さな雲から降りて大きな雲の上に立つと、王子様は唖然と周囲を見回しました。

そこには雲でできた巨大なテディベア、うさぎ、ポニーやキリンが飾られていたのです。

「どうですか⁉　可愛いものをいっぱい作ってみました！　恐竜もありますよ⁉」

王子様はお口を開けたまま、しばらく雲の広場を見学して戻って来ました。

「ルナ。まるで幼稚園みたいな……素敵なお祝いをありがとう」

「豪雪の国では雪まつりというのがあって、雪でいろんな像を作るんです！　それをヒントに、雲で真似してみました！　ほら、ゾウさんのすべり台も！」

王子様の肩は少し揺れていて、「クックック」と笑いを堪えているように見えます。

「ルナには俺が子供の姿に見えてるのかな？」

王子様の呟きに、私は改めてそのお姿を確認しました。お伽噺の王族のような衣装は、私が遠い雪国の民族衣装の図録から再現しました。立派な十八歳になられた王子様に美しい銀色のファーと夜空色の大人っぽいベルベットがしっくりとお似合いで……。

「とっても色っぽいです！」

王子様は絶妙な笑みを湛《たた》えて私の前に歩み寄りました。自分よりもうんと背が高い王子様を仰け反るように見上げます。あ、大人でらっしゃる。しかも色っぽいだけでなく、剣術を嗜《たしな》んでらっしゃるせいか、細身ながら騎士のような逞しさも感じます。私は王子様に対して急に男性を意識してしまい、真っ赤になりました。

え？　この方が、私の婚約者になるお方？　このあまりに尊い王子様が⁇

現実を思い出して「あうあう」とオットセイになった私に、王子様はとびきり優しい笑顔で、そして決め台詞のようなお声で私の名を呼んだのです。

「ルナ」

いつも呼ばれている名前。だけどその響きには心というか、愛……というか。温かさが籠っていて、私は何か特別なことが起こる予感でいっぱいになりました。

王子様のバイオレットの瞳にはピンクと水色の空色が混ざって映り、星々が輝いています。なんて美しい光景でしょうか。私はうっとりと見惚れていましたが……突然、王子様の後ろにおかしな物を見つけてしまいました！

「あっ⁉　あれは何ですか⁉」

私が指す方向を、王子様も振り返りました。背後にあるのは、ピンクと水色の空。だけどまるで月のように、大きな金色の輪《わ》っかが宙《ちゅう》に浮かんでいたのです。

はて？　私は輪っかを夢に登場させた覚えはありません。

「あの輪っかは何でしょうね？　キラキラと光って綺麗ですが……」

言いながら王子様のお顔を見上げると、あら？　見たことのないお顔をしてらっしゃいます！

真っ赤になってお口に手を当てて、瞳が潤んでいるではないですか！

「王子様？　どうされたのです⁉」

私がお顔を覗き込むと、王子様は反対側に背《そむ》けます。

「い、いや、何でもない」

「何でもなくないですよ、様子が変です！　もしかして、あの金色の輪っかが怖いのですか⁉」

私はもしやと思ってもう一度、空中の輪っかを見上げました。王子様を狙う新たな何かが、夢に侵入したのかもしれません！

私が王子様を守ろうと毅然と前に出ると、王子様は慌てて私の腕を掴みました。

「ち、違うんだ、ルナ！　これは俺の失敗で……ああ、もう……」

王子様はさらに赤くなって、涙目で白状なさいました。

「あの輪っかは、俺の心の中で隠してたもので……緊張のせいで現れてしまったんだ」

え？　王子様が隠していた輪っか？　それが現れちゃったって？　私はますます意味がわかりませんでした。

ポカンとしている私の足元に王子様は跪いて、何やら小さな箱を貝殻のように開けました。その中にはキラキラと……金の輪っかが入っていたのです！

「ゆ、ゆゆゆ、指輪⁉」

ゆ、ゆゆゆ、指輪でございます！　あまりの驚きで脳がオウム返しししています！　こ、これってもしかして、婚約指輪⁉

王子様は赤面していたお顔をキリッと引きしめて、私の顔を真っ直ぐ見上げました。はあ、なんて精悍なお顔！

「ルナ。俺は夢でも現実でも、ルナの側《そば》にいたい。俺を婚約者にしてくれる？」

え⁉　まるで私の許可を求めるような告白です！　あまりに畏れ多すぎて、私は慌てて首を高速で横に振り、さらに縦に振りまくりました。

「あははっ、イエスかノーかどっちだよ」

私のおかしな反応に王子様は笑っています。

「イ、イエスでございます！」

オウムみたいな素っ頓狂な声を出してしまいました。王子様は小さく肩を揺らしながら、それでも真面目なお顔で、私のちんまい指に指輪を嵌めてくださったのでした。

「ほわあ～……」

惚け顔で星空に指輪を翳すと、金の輪っかだと思っていた指輪には、小さな宝石が着いていました。王子様と同じバイオレット色の美しいサファイアと、小さなアクアマリンのメレです。ひょっとしてこれって、王子様と私？　アクアマリンは二粒あります。

「一つは現実のルナ。もう一つは夢の中のルナだよ」

王子様の説明に、二人の私に挟まれた王子様を想像してにやけました。宝石も添い寝をしています！　私が指輪に没頭するうちに、王子様はいつの間にか私の肩を抱いて、そっと頬に触れて。

あっ、これは、これはもしかして、キ、キ、キッス……？

私は目前の色っぽい王子様のお顔に釘づけとなって、心臓がバクバクと暴走しました。

え？　こういう時、目ってどうするんでしたっけ？　瞑るんでしたっけ？　まったく心の準備ができていなかった私は、ガン開きの眼のまま。王子様は私が目を瞑るのを待っていたようですが……。

唐突に足元が、テディベアが、うさぎたちがグラグラと。雲の舞台が揺れだしました。

「え？　雲が崩壊していく⁉」

王子様が驚いて周囲を見回したので、私はギュッと目を瞑って叫びました。

「リ、リビドーの上昇です！　リビドーの極度な上昇は夢から覚醒する原因なので‼」

リビドーとはつまり、性的欲求でして……その、エッチな気分になると、私は夢から醒めてしまうのです。


「……」

私と王子様はベッドの中で、向き合ったまま目を覚ましました。

いいところで私の邪念《じゃねん》が暴発したため、夢は強制終了したのです。

真っ赤な顔で目を見開いている私に、王子様はそっと近づくと、私が目を瞑るのを待たずにそっと、優しく小さなキスをしました。なんて軽やかで、爽やかな触れ合いでしょうか。まるで小鳥同士の挨拶のように。

「おはよう」

王子様のご挨拶に私はお返事ができないまま、慌てて頭を縦に振ったのでした。

その後、王子様は枕の下に隠してあった本物の宝石箱を取り出して、夢の中と同じ金の指輪を私に嵌めてくださいました。バイオレット色の王子様と、アクアマリン色の私が二人並んでいます。

　王子様は同じ宝石を使ったお揃いの指輪も取り出して、首から繊細なチェーンに通してご自分の胸に光らせていました。

「俺は剣を扱うから指輪を嵌められないけど、あのせせらぎで見つけたルナの瞳の色をお守りにしたくて、作ってもらったんだ」

　ロマンチックなことを呟きながら大切そうに胸に手を当てる王子様を見て、私も真似をしてネックレスとして指輪を着けることにしました！　これなら手を洗う時になくす心配もないし、学園で不用意に見せびらかしてしまうこともありません！　服の中の誰も知らない場所に、王子様との秘密の絆があるのです……。根暗な発想かもしれませんが、私はそういう設定に萌えてしまいました。

　それにしても、夢の中で指輪を渡して告白しようと画策していた王子様は、緊張のあまり意識の中の隠しごとを晒《さら》してしまったのですね。いつも不良みたいに女性慣れして見える王子様の、意外なピュアさに悶《もだ》えます。なんて可愛さでしょうか！

　私は怪訝なお顔の王子様の前で、含み笑いが止まらないのでした。

＊・＊・＊

それから数日後の休日に。

私は王子様と一緒に馬車に乗って、我が家であるマーリン伯爵邸に向かいました。王都のはずれにある、緑が豊かな住宅街です。王族の馬車と護衛の馬車が連なって、仰々しい一行となってしまいました。普段は静かなお宅のご近所さんたちが、何事かと窓から覗いています。

馬車の正面に座るクリフさんは、契約のための大量の書類をチェックしています。その隣にはバカでかい箱があって、中にはリフルお姉様にプレゼントする巨大なケーキが入っています。

私は首から下げた指輪に服の上から手を当てて、動悸を収めました。

「はあぁ。私、緊張してきました」

「ルナの家なのに？」

「だ、だって、父も母も驚きすぎて卒倒するんじゃないかって。そ、その、こ、婚約とか……」

ゴニョゴニョする私に、スーツをお召しの素敵な王子様は、ネクタイをキリッと締め直しました。

「緊張するのは俺だよ。リフルお姉様にぶん殴られるかもしれないからな」

「あははっ、じゃあ先制でケーキを渡しましょう！」

お喋りしているうちに、私も楽しい気分になってきました。

やがて馬車の窓から、我が家が見えてきます。

赤い屋根の。緑のお庭の。

明るい芝生には、お父様とお母様とリフルお姉様がいらして、こちらに向かって手を振っていたので、私は嬉しくなって馬車から身を乗り出して、大きく手を振りました。

「危ない、落ちちゃうぞ！」

私の腰を慌てて抱き留める王子様を振り返って、私は満面の笑みでお伝えしました。

「ふへへ。幸せって、こういうことなんですね！」


王子様の笑顔と。

大好きな家族と。

懐かしい我が家と。


今まで別々だった大切なものが、全部繋がった今日。

私は溢れるほどに、大きな幸せを感じたのでした。

閑話 婚約者の計らい

「ふえ〜〜」

私の大層《たいそう》な溜息を聞いて、王子様は心配そうに私の顔を覗き込みました。

「ルナ。疲れた？」

いえいえ、私は疲れてなんかいません。盛大に感心をしているのです。

本日、我が家であるマーリン伯爵家にて。アンディ王子殿下は私の両親と初めて顔合わせをしたのですが、両親は緊張のあまりガチガチに固くなってしまいまして。すると王子様は親しみやすい話術でその場を和《なご》ませてくださり、あっという間に仲良く……いえ、仲良くどころか虜《とりこ》にしてしまったのです。

宮廷へ帰る馬車の中で、私の頭には王子様にメロメロになった両親の顔が浮かんでいます。

「いやはや、王子様がモテるのは女生徒だけじゃないんですね。うちの家族も使用人たちも、みんなすぐに王子様のファンになってしまいましたよ」

「リフルお姉様は最後まで俺に殺気を飛ばしてたけど……」

「え、お姉様は巨大ケーキに喜んでたじゃないですか」

「笑顔だったけど目の奥が……いや、何でもない」

王子様は咳払いすると、整っていた髪を崩してネクタイを緩めました。いつもの不良に戻った王子様のお姿は外から差し込む夕陽に照らされて、なんとも色っぽいです。

「ルナの家族は俺の想像通りだったな。優しくて、明るくて……。ルナがそんなふうに育った理由がよくわかったよ」

え？　そんなふうにって、どんなでしょう⁉　私は実家に帰ったいつもの癖で気を抜いてしまったけど、よく考えたら呑気《のんき》な我が家を王子様に見られてしまって、照れくささが半端《はんぱ》ではありません。特に父は自分の趣味である家庭菜園の話になると饒舌になってしまうので……ご挨拶の後のお茶の席で、王子様が植物学に精通されていると知るや、舞い上がって意気投合してしまったのです。

「王子様があんなに農業に詳しいだなんて、私は知りませんでした」

「勉強したんだよ。だって、ルナが以前に言っていたから。お父様は新種の野菜を作るのに夢中だ、って」

「え？　私、そんな話しましたっけ⁉」

「うん。掛け合わせに失敗して、手袋みたいに不気味なトマトができたって」

……私は普段、アンディ王子殿下に対して何ておかしな話をしているんでしょう。なのに王子様は内容をちゃんと覚えていてくださり、しかも父と話を合わせるためにお勉強までしてくださったのです。準備が良すぎます！

「じゃあやっぱり、王子様は私の母がティーカップを集めているのも覚えてらしたのですね」

母は自分好みの可愛らしいティーカップのセットを王子様からプレゼントしていただいて、大喜びだったのです。

「ああ。ルナが持っているお母様お手製の刺繍はどれも可愛い野花がモチーフだったから、ティーカップのデザインも寄せて選んだ」

「えっ、すごっ……王子様って、何でもご存知なのですね⁉」

私の持っているハンカチまで見ていたなんて。細かな観察に驚く私に、王子様は笑いました。

「何でも知ってるわけないだろ？　ルナの家族だから俺は興味を持つし、大切にしたいだけ」

「おっ……おぉ、ありがとうございます……」

王子様の気持ちが嬉しくて、私はジンとしました。

自分の大切なものを、好きな人に同じように大切にしていただけるって、なんて素敵なことでしょうか。

そして私は気づいてしまったのです。

私はこれまで、世の中のリア充……いわゆる社交が上手な方々って、天性の性格なのだろうと羨《うらや》んでいたのですよ。でも、王子様を見ていると、それだけではないのがわかります。人に慕《した》われる方って相手を思いやる気持ちがあって、それを伝える努力を自然となさっているのですよね。

対して私はどうでしょう？　いつも「あわわ」「はわわ」とテンパって、自分のことで手一杯……。相手を思いやる余裕なんて、あったもんじゃないです！

「ひぃぃ、私は人間失格です！」

私が突然叫んだので、王子様は驚いて仰け反りました。

「どうしたルナ！」

「い、いいえ、何でもありません！」

こんな未熟な私が、アンディ王子殿下の婚約者であって良いのでしょうか？

いいえ。ダメでしょう！

現に私は実家への挨拶を終えて、三日後に控える〝王族とのお食事会〟のことで頭がいっぱいなのです。王様と王妃様、エヴァン王太子殿下とアンディ王子殿下、そして私……という、とんでもメンツなお食事会が開かれるのです。そこで私は緊張のあまりおかしな失敗をしないか、無礼な発言をしないかと、無限に湧く不安に翻弄されていたのでした。でも、私も王子様みたいに、好きな人の家族を思いやりたいです！

「あの、王子様？　つかぬことを聞きますが……」

「何？」

「その、王子様のお父様……王様のご趣味って何ですか？」

安直でございますが、私は王子様の真似をして、ご両親のご趣味を探ることにしたのです。

「王はチェスが趣味だな。チェスの協会の理事をやってるし、口を開けばそればかりだ」

「チェ、チェスでございますか〜」

これはまた難儀《なんぎ》なご趣味でございます！　私は頭を使うゲームは苦手なので、チェスなんぞ触ったこともないし、実家にもチェス盤なぞ存在しませんでした。

「ちなみにお母様は……」

「王妃は王と同じくらいチェスが得意だから……同じ趣味だな」

「さ、左様ですか」

王子様は馬車の外の黄昏《たそがれ》色の王都を見つめながら、遠い目をされています。

「昔は兄も俺も父に褒められたくてチェスを覚えたから……たまに家族で集まればその話題ばかりだったけど、今はわからないな」

「わからない、とは？」

王子様は苦笑いしました。

「俺は思春期からグレて家族を避けていたし、食事会なんてずっと参加してなかったから」

そうでした。王子様は不良なのでした。お兄様であられるエヴァン王太子殿下も「悪夢のせいでアンディは心を閉ざしてしまった」とおっしゃっていましたもんね。

これは尚更、私の責任は重大ではないでしょうか。久しぶりの家族の団欒《だんらん》が盛り上がるように、王子様の婚約者としてしっかり計らねばなりません。

妙な気合いを察知したのか、王子様は私の頭を犬みたいに乱暴に撫でました。くうん。

「そんなに身構えず、ルナはいつも通りにしていればいい。みんな、ありのままのルナに会いたがってるんだから」

なんて優しいお言葉でしょうか。私は思わず甘える犬の気持ちになって、王子様の肩にチョコンと寄りかかりました。うわうわ。大胆なことをしています！

このように浮かれておりますが、私は内心で密かに決心をしていました。王子様に内緒でチェスを勉強して、お食事会で巧《たく》みな話術をお披露目《ひろめ》するぞ！　……と。

＊・＊・＊

「ふうぅ……むうぅ……」

私はいつもの居場所、宮廷の書庫で、本に埋もれて唸っています。

今日は夢のための図鑑ではなく、お食事会に向けてチェスの本を読んでいるのです。

「ポーンは前方に進み、ビショップは斜めに動く……うおお、皆さんバラバラに動かれる……」

駒《こま》の名前やルールを覚えるのもおぼつかない私ですが、話術を披露するならもっとゲームの真《しん》髄《ずい》を学ばないといけません。

教本に齧りついていると、司書のコナーさんがやって来ました。

「おや、ルナさん。珍しい本をお読みですね。チェスにご興味が？」

「え、あ、はあ。ちょっと入り用で。あの、コナーさんはチェスをされますか？」

「いえ、私は軽くルールを知っているくらいでゲームはてんで……。でも、チェスならお薦めの本がありますよ！」

コナーさんは本好きらしく楽しげに書棚から本を取り出すと、こちらに持って来てくださいました。

「チェスプレイヤー連続殺人事件……」

不穏でございます。コナーさんの選書はやはり癖がお強い！

私はチェスの教本と一緒にそれも一応お借りして、お部屋に戻ったのでした。


「犯人はいったい、誰なんでしょうか……！」

私は自室でチェスの勉強をするはずが、コナーさんにお借りした推理小説に夢中になって読み耽ってしまいました。侍女のサラさんがタオルを手にして立っています。

「ルナ様？　入浴のお時間ですが」

「えっ、もうそんな時間!?」

「お夕食の後から何時間も本に集中されていましたよ」

あばばば、やってしまいました。勉強すべき時に限って、別の本に嵌る現象……！

コナーさんが面白い本を貸してくれたせいです！　いや、私が悪いのですが。

お食事会まであと二日。はたして私はチェスの知識を吸収できるのでしょうか。

＊・＊・＊

翌日も、また翌日も。さらに当日までも。

「ルナ様、ルナ様」

私はサラさんに何度も起こされました。

「ふがっ」

「また眠ってましたよ？」

居眠りしたら起こしてと頼んだのは私ですが、さすがに回数が多すぎてサラさんも薄らと呆れ気味です。

「チェスの勉強をするとすぐ眠くなっちゃうんですよね。この盤面の模様がよろしくないのです。ほら、眠くなるでしょう？」

私は教本に載っている盤のチェッカー柄を回して見せました。サラさんは小首を傾げています。

「よくわかりませんが、そろそろお着替えのお時間です」

ギクゥ！　チェスの本を読んだり居眠りしたりしているうちに、お食事会の時はあっという間にやって来たのでした。

「あばばば」

「こちらのドレスと靴でよろしいですか？　髪型はどのようにいたしましょう」

テンパっていた私は我に返りました。目前には可愛らしくも美しい水色のドレスと靴が用意されていたのです。

この素敵なドレスは舞踏会のドレスを仕立てた時に、ついでに何着か一緒に作ってもらったものです。何故にこんなにドレスを沢山？　と思っていましたが、もしかして王子様はこのようなお食事会が開かれるのを予期していたのでしょうか？

ドレスに着替え、ヘアメイクをしてもらっているうちに私は夢心地となって、鏡の自分に見入ってしまいました。まるで別人みたいに変身していくので、何度見ても驚いてしまいます！


「ルナ。準備できた？」

王子様らしく素敵な装いのアンディ王子殿下がお迎えにやって来ました。

私はこの水色のドレス姿を王子様にお見せするのは初めてのことなので、やたらと照れてしまいます。

「え、えへへ、ど、どうでしょうね～」

ぎこちなく回転して見せると、王子様は満開の笑顔になりました。

「ネモフィラの花のように可愛いな！　ルナに良く似合ってるよ」

私の好きな花に例えてくれるなんて、なんて嬉しい褒め言葉でしょうか。私はのぼせ上がって何度も回転して見せましたが、途中で我に返って、チェスのことを思い出しました。あれから結局、ルールを覚えるのが限界で、話術を披露するほどの知識なぞ得られなかったのです。今の私はチェス、と言えば殺人事件！　あの推理小説のせいです！

「ひぃ、やっぱりコナーさんのせいです！」

「え？　どうしたルナ！」

「な、なんでもありません！」

突然意味不明なことを叫ぶ私に、王子様はすっかり慣れたご様子で私の手を取りました。

「ルナ。緊張してるんだな。俺が一緒にいるから大丈夫だよ」

王子様の優しいお顔を見上げて、私は見惚れて呆然としました。

「でもチェス……」

あっ。王子様に内緒でチェスの勉強をしてたのに、つい暴露してしまいました！　私はバカなのでしょうか。すると王子様は「ぷ」と少し噴き出して笑いを堪えているご様子。

「ルナ。今日はきっと、チェスの話題は出ないよ」

「え、何故です？」

「ルナは忙しくてチェスどころではなくなるだろう。さあ、行こう」

王子様は私の手を導いて、お食事会が開かれるお部屋に向かいました。

え？　私は忙しくてチェスの話をする暇がないと？　いったいどういうことでしょうか？

私は狐に摘まれたみたいにふわふわと、王子様の後を付いていきました。

その謎は、お食事会のお部屋に入ってすぐに、答えがわかったのでした。

＊・＊・＊

「ほええ……」

お食事会を終えて。私は戻って来たお部屋で放心しております。

そんな私にサラさんはお茶を淹れてくださり、王子様も私を労ってくださいます。

「ルナ、お疲れ。喋り疲れただろう」

「わ、私、喋りすぎましたよね？」

なんと驚いたことに、私は王族の皆様の前で饒舌《じょうぜつ》に喋りまくったのでした。

「いいや。みんな満足していたよ。ルナに会うのを楽しみにしてるって、本当だっただろ？」

私は畏れ多くも否定できず、頷きました。

お食事会の記憶は眩しくて、幻のように曖昧ですが……。凛々しいお父様であらせられる王様と、アンディ王子殿下にそっくりで女神のように美しい王妃様、そして誠実な眼差しのエヴァン王太子殿下に囲まれて。煌びやかなシャンデリアと豪華なお料理を前に、私は卒倒寸前でありました。

が、席に着くなり王様、王妃様、王太子様がまるで待ってましたとばかりに、私にお声を掛けてくださったのです。それは全部、夢の話でした。どんな夢を見るのか、どうしたらそんな夢が見られるのか、そして自分はこんな夢を見た、あんな夢が見たい、など……まるで童心に戻ったような純粋な質問に、私は精一杯答え続けたのでした。

「皆さん、夢のお話を沢山してくださいました」

王子様のおっしゃる通り、チェスの話題など一つも出なかったのです。

「みんなルナの夢に興味があるんだ。夢使いだなんて不思議な力は誰も見たことがないからな」

王子様はお食事会を回想して微笑みました。

「好奇心に満ちた子供みたいな顔をして……みんな楽しそうだったな」

確かに、高貴な王族の方々があんなに無邪気に夢を語るだなんて、意外な光景でした。ふと。

私はエヴァン王太子殿下との会話を思い出して、噴き出しました。

「王太子殿下は巨大な猫とじゃれ合う夢が見たい、っておっしゃってました！　意外すぎます！」

「毛色の指定までしてたな。奴の猫好きは変態の域《いき》だから」

「あははは！」

ひとしきり笑った後で、王子様がジッとこちらを見つめているのに気づきました。

「ルナ。ありがとう」

「え？　いえ、私は何も……」

そう。私は質問に答えるばかりで、自発的に話術を披露《ひろう》することはできなかったのです。でも、
王子様は首を振りました。

「いいや。ルナがいてくれたから、優しくて明るい時間を過ごせたんだ。立場上、王も王妃も厳《げん》格《かく》な人だから、あんなに朗《ほが》らかな食事会は初めてだよ」

「そ、そうなんですか？」

後から厳格と聞くとビビってしまいます。

「本当のことを言うと、ルナより俺の方が緊張してたんだ。ずっと家族から逃げていた癖に、勝

手に戻って来て居場所があるのかなって」

　王子様は半笑いでお話しされていますが、私は真顔で声を上げてしまいました。

「皆さんにとって、王子様は大切な家族ですよ！　王子様が悪魔の手から逃れて生還できたから、みんな笑顔だったんです！」

　急に立ち上がったのでお茶を溢《こぼ》してしまい、サラさんがサラッと片付けてくれました。あわわ、すみません！

　その様子に王子様が笑ったので、私は安心してスカートを整えて座り直し、改めて背筋を伸ばしました。

「あの。王子様に一つお願いがあるのです」

「何？」

「今度私と、チェスで対決してくださいませんか」

　王子様はキョトンとしています。

「いいけど……無理して学ばなくていいぞ。どうせ俺には勝てないんだし」

　はわわ、王子様の意地悪なお顔は色っぽい！

　だけど違うのですよ。私はチェスで王子様に負けたいのです。そして負けた暁《あかつき》には……。

「王子様に〝チェックメイト〟と言い放ってほしいのです！」

　この台詞は推理小説で覚えました。探偵が事件を解決する時の決め台詞で、格好良かったからです！　あ、サラさんが少し笑っています。

王子様は感心したようなお顔でマジマジと私を見ています。

「すごいな、ルナは。これだけ会話をしても尚、予想ができない思考回路なんだから」

「あ、す、すみません！」

私の変態性に引かれてしまったかと焦ったのですが、王子様は優雅に椅子に寄りかかって微笑みました。

「飽きないし可愛いし、俺はルナのそういうところが好きだ」

チュドーン！　なんたるストレートな告白！

そういえば王子様って、夢の中のちびっこの頃から、真っ直ぐな「好き」を私に沢山くださいましたね。

受け止めきれない尊さが爆発して、私は今度こそティーカップを盛大にひっくり返しました。

あ、サラさんが思いきり笑っています！

王子様はさらに不敵な笑みを浮かべて宣言しました。

「じゃあ今度、チェスで対決しよう。初心者のルナを叩きのめして、決め台詞を言ってやるよ」

ひゃーっ、王子様が約束してくれました！　ゾクゾク！

新たなご褒美に、私は愉しみが止まらないのでした！

第十一章　夢の街ぶらデート

グレンナイト王立学園は部活動が盛んでございます。

王国は騎士の育成に力を入れているので、アンディ王子殿下が所属されている剣術部は学園で一番大きな部です。他にも乗馬、ダンス、吹奏楽《すいそうがく》に絵画と、貴族の令息令嬢が嗜む様々な部がありますが、私。ルナはというと、安定の帰宅部でございます！

しかし本日は、帰宅部のくせに剣術部に向かっています。

何故なら今朝方、王子様が「授業が終わったら剣術部で待ち合わせしよう」とおっしゃったのです。

「はあ〜、気が重いです」

私の呟きに、並んで歩くクラスメイトのコリンナさんは不思議そうなお顔です。

「どうしてでしょう……剣術部は人気の部ですのに」

一人で行く勇気がないので、コリンナさんに付いて来てもらいました。

私は立ち止まって、遠くに見える人垣を指しました。

剣術部に群がっているのは、キャアキャアキャアと黄色い声で沸き立つ、女生徒の集団です！

「だっていつもすごい人だかりで、近づくのも怖いじゃないですか」

怯える私の背中を、コリンナさんはそっと押しました。

「ルナさんはアンディ王子殿下の婚約者なのですから、堂々となさったら良いかと……」

「コ、コリンナさん！　それは学園を卒業するまで内緒にしてください！」

私は慌ててコリンナさんのお口を塞《ふさ》ぎました。

「ふぉうひれ？」

「どうしてって、学園内でこれ以上目立ちたくないからですよ。王子様にも内密にとお願いしてるんです」

私は先日の舞踏会で目立った行動をしてしまいましたが、「王子様の婚約者に正式に選ばれた」という事実は学園内で有耶無耶《うやむや》のままです。そんなケッタイな真実なぞ、誰も信じたくないのでしょう。学園の女生徒たちは相変わらず王子様にお熱を上げています。

「なるほど……自慢もせずにお隠れになるとは、ルナさんは謙虚でらっしゃる」

「いやいや、臆病なんですよ」

そうこう喋っているうちに、剣術部に着いてしまいました。

柵の向こうでは騎士を目指す男子たちが剣を奮《ふる》って訓練しており、その柵に齧りつく女子たちは各々《おのおの》の想いを叫んでいます。

「王子様ぁー！」

「アンディ様、こっち向いて！」

圧倒的に王子様の名前が上がっていますが、他にも人気の部員がいるようです。

「クロード様～、格好いい！」

「ノアくーん！」

私は一生懸命背伸びをしましたが、女子の壁で全然見えません。でも私より背の高いコリンナさんは柵の向こうが見えるようで、らしからぬ黄色い声を上げました。

「きゃあっ！　麗しの三強騎士様！」

「へ？」

コリンナさんは興奮したお顔で私を振り返りました。

「三強騎士様がお揃いです！　眼福、眼福でございます……！」

「コ、コリンナさん？　サンキョー騎士って何です？」

コリンナさんは目を丸くしました。

「え、ルナさんはご存知ないのですか？　剣術部のトップの実力であられる三人の騎士見習いの渾名で、学園の人気者ではないですか」

ああ、確かにそんな三人組がいましたね。アンディ王子殿下と他二人……。美形で剣術の腕も立つと女子の注目を集めているとか。だけど以前の私は王子様をお見かけするだけで眩しくて、さらに美形が三人揃うと目が潰れるのではないかと思って、今まで無意識に目を逸らしていたのです。それぞれを囲む女子の取り巻き軍団も怖いですし。

「あ、練習が終わってしまいました……」

残念そうなコリンナさんの袖《そで》を、私はそっと引っ張りました。

「あの、裏口に行きましょう。あちらの暗い方に」

私は早くこの場から逃れたくて、日陰を探しました。ここにいたら王子様が「ルナ！」とお声を掛けてくださるかもしれません。そうなったら私はファンの方々から槍玉《やりだま》に上がってしまいます！　お、恐ろしい！


コソコソと。泥棒令嬢のように。

私とコリンナさんは校庭の端を通って、剣術部の部室がある建物の裏側に回りました。こんな時、一緒に陰に溶け込んでくれるコリンナさんは心強い味方です。

コリンナさんは隠密のように、小声で教えてくださいました。

「三強騎士様はアンディ王子殿下と、次期騎士団長を期待される部長のクロード・ハンターさん。それから二年生にして異例の強さで副部長に就任したノア・フリッツさん。どちらも公爵家のご令息です」

「へ～、コリンナさんは情報通ですねえ」

「いえ……この学園でご存じないのはルナさんだけかと……」

私とコリンナさんは藪《やぶ》を通って葉っぱだらけになりながら、剣術部の裏口のドアにたどり着きました。王子様が施錠《せじょう》を開けておくとおっしゃってましたから、入れるはずです。とは言え、男子だらけの園《その》……ノックするのも緊張してしまいます！

と、モジモジしているうちに、ドアは向こうから開いたのでした。

「ルナ。待たせて悪かったな」

王子様は訓練の後だからでしょうか。瞳がハツラツとして、お肌が輝いています。剣術部のラフな練習着もお似合いで、爽やかに色っぽい！

私とコリンナさんが王子様に見惚れていると、王子様の後ろから二人の男子がこちらを覗き込みました。あっ、このお二人は例の……。

「さ、三強騎士様っ‼」

コリンナさんは絶叫しました。私はハンサムな殿方を直視できず身構えましたが、目前で目を逸《そ》らすのは失礼なので、眼を開いて耐えました。

王子様がお二人をご紹介してくださいます。

「ああ、こっちはクロードとノア」

右側の赤い髪を結ったクロードさんは王子様よりも背が高く、涼しげな目つきの大人っぽい先輩です。左側のノアさんは女の子のように小柄で、銀色の瞳と髪が輝かしい同級生の美少年です。

「あのさ～、三強騎士様って呼び方やめてよ。僕たち騎士じゃないし」

美少年ノアさんの口から不平が出て、コリンナさんは硬直しました。

「す、すすす、すみません！」

王子様はコチン、とノアさんを小突《こづ》きました。

「こら、女性を脅かすな」

「脅かしてないよ。ダサいネーミングがやなだけ」

ノアさんは見かけによらず、ハッキリとした方みたいです。対してクロードさんは黙っているだけなので、何をお考えなのかわかりません。ひえ～、どちらのタイプも緊張するので、正直苦手……でございます。

私が貝のように沈黙していると、王子様は予想外のことをおっしゃいました。

「ルナ。明日、街に出かけようと約束してただろ」

はい。私は街で古物市《ふるものいち》が開かれると知って、王子様に興味があるとお伝えしたところ、一緒に行こうとデートに誘ってくださったのです！　街ぶらりデートでございます！

デートを楽しみにしていた私は、王子様に向けて高速で頷きました。

「明日はこの二人が護衛に付くから、先に紹介しておこうと思って」

王子様のお言葉に、私は右、左、と見直しました。

え？　クロードさんとノアさんが？

左右の確認が止まらない私に、ノアさんは確かめるようにおっしゃいました。

「ルナ・マーリン伯爵令嬢。夢使いという特殊《とくしゅ》な力を持った聖女なんでしょ？」

「え、あ、は、はいっ」

私の返答に、クロードさんが初めて口を開きました。

「すごいな」

感情がよくわからないクロードさんの横で、ノアさんは私の全身を上から下までジロジロと見ています。

うわうわ、何か審査をされているようです！　隣で立ち尽くしていたコリンナさんが、慌てて私の髪や制服についていた葉っぱを払ってくださいました。うう、持つべきものは友達です！


その後、宮廷に帰る馬車の中で。私は王子様から事情を伺いました。

「古物市が開かれる場所は港に近く、商人や客を狙った軽犯罪が多い。お忍びで俺一人が遊びに行くならまだしも、婚約者のルナを連れていくなら護衛を付けるのが条件だって言われたんだ」

なるほど。確かに市場ではスリや置き引きがあると聞きます。

「護衛を付ける条件て、誰がおっしゃったのですか？」

「王だ。クリフの奴がデートの予定をチクりやがった」

「へ!?　王様が直々に!?」

驚いて椅子から転げた私を、王子様は引き戻しました。

「俺が街をぶらついても放っておいた癖に、ルナには過保護みたいだ」

国王に身を案じていただけるなんて、恐縮してしまいます。もしかして私の見た目がちんまいので、王様には小さな子供に見えているのかもしれません。

それにしても、やはり不良の王子様。宮廷を抜け出して街でお遊びしているとは。

「王子様はいつもお一人でお出かけされるのですか？」

「クリフを撒《ま》けた時だけな。まあ、大抵クロードとノアが一緒だけど」

私はあのお二人の美形なお顔を思い出しました。王子様含め、お忍びにならないほど目立ちそうな三人ですが……。

「じゃあ、普段から王子様の護衛もあの方々が担っているのですね」

「あいつらはただの幼馴染《おさななじ》みだよ。王宮の騎士や軍人をデートの護衛に付けると大袈裟《おおげさ》になるから、同行を頼んだんだ」

確かに、舞踏会でお会いしたあのギディオン騎士団長のような逞しい方が背後にいたら、街中で余計に目立ってしまいそうです。

そんなわけで、あのお二人が護衛に付く理由には納得しましたが、私はただでさえ人見知りなので、美形の殿方に囲まれるなんて臆してしまいます。

「あーあ。人見知りなのに知らない人と出かけるの、嫌だなあ～」

自分の心の声が王子様のお口から発せられて、私は驚きました。

「あ、えっ⁉」

パニックになって自分の口を塞ぐ私を、王子様は笑っています。

「だってそんな顔してる。ルナはわかりやすいな」

私は恥ずかしくて、そのまま顔全体を手で覆って隠しました。

「ルナは自分のことを人見知りって思ってるけど、案外そうでもないよ」

「い、いいえ、王子様は私の真正なる引っ込み思案《じあん》ぶりをご存知ないのです！」

「知ってるよ。でも誰とでも仲良くなってるじゃないか。側近のクリフに司書のコナー、侍女のサラと料理長のバート。それに俺の家族とも」

次々と皆さんのお顔が浮かびます。確かに、以前の私ではありえないほど、交流の輪が広がっていますが……。

「で、でも、それは王子様あっての賜物《たまもの》というか……」

美形の男性は特別に緊張してしまうのだ。とは、なんだか恥ずかしくて、王子様には言えないのでした。

＊・＊・＊

古物市が開かれる日がやってきました。

私は自宅から持ってきたワンピースを着て。うん。鏡でどこから見ても庶民です！

サラさんに支度を手伝ってもらっていると、王子様がお迎えにやって来ました。私は驚いてつい、持っていたポシェットを床に落としてしまいました。

「あわわ、新しい王子様の発見です！」

不良みたいな王子様の気怠さはいつものように色っぽく、だけど服装は少しカジュアルで、マントの下には剣を携《たずさ》えています。騎士見習いの平民を装《よそお》った、美青年です！

王子様はポシェットを拾って、私の肩に掛けてくださいました。

「ルナ。童話の中から出て来たみたいな可愛さだな」

「あ、ふへへ……」

ふわふわと。私は小花が咲くように浮かれて。

王子様と並んで宮廷を出ると、馬車が待つ玄関前にやってきました。

「おはようございます。アンディ王子殿下」

笑顔で出迎えるクリフさんがおり、さらに馬車の左右には、王子様と同じような格好に化けたクロードさんとノアさんがいらっしゃいました。

ひえ、美形の護衛をすっかり忘れていました！

「おはようアンディ！」

ノアさんの笑顔は今日も恐ろしいほど可愛いです。女子である私が霞《かす》みます。

王子様にエスコートされて一緒に馬車に乗ると、窓の外からクリフさんが念を押しました。

「アンディ王子。ルナ様を頼みましたよ？」

「お前まで過保護《かほご》になって、何なんだ？」

「王様からの言いつけですので。それからクロード、ノア。王子を頼みましたよ？」

王子様の正面に座ったノアさんはムッとしました。

「お前に頼まれなくてもアンディは僕が守るよ」

おや？　ノアさんは王子様の護衛をする気満々のようです。あ、クリフさんは鉄仮面をピキッとさせました。ひえぇ、ノアさんは恐れ知らずです！

馬車が出発して。車内を見回すと、タイプの違う美形が揃っています。

く、苦しい。美の密度が高い！　私は目を瞑って限りなく無になりましたが、ノアさんはお構いなく突っ込みました。

「ねえ。初デートが古物市って、渋すぎない？」

うっ、デートコースのイチャモンです！

隣に座っている王子様が、固まっている私の代わりに応えました。

「ルナは本が見たいんだよな？」

「は、はいっ！　遠い国からいろんな本が船で運ばれて、古物市に並ぶので！」

するとノアさんは、可愛い笑顔で毒づきました。

「成績が殆ど下位の癖に、本から何を学んでるのさ」

うぎっ⁉　あまりの攻撃力の高さに、私は白目を剥きました。ノアさんはまるで有毒の小動物のようです。可愛いのに怖い！

すると、ふわっと。私の頭に王子様の指が優しく触れて、ご自分の肩に私を抱き寄せました。

ふわわ、良い香り！

「ルナは図鑑や図録から得た知識をもとに夢を構築することができる。あらゆる本を読むのは聖女としての能力を高めるのに必要なんだ」

私が言いたいことを整然《せいぜん》と、全部述べてくださいました。さらに私を見下ろして、近い距離で微笑みました。

「ね？　ルナ」

耳元のお声のなんと甘いこと！　私がボワ～ッとのぼせて王子様と見つめ合うのを、ノアさんは真正面から憮然としたお顔で眺めています。

「ふん」

ノアさんは私に攻撃的というか、懐疑的なようです。やはり王子様の幼馴染みとして、私のような変な女が婚約者になったのが納得いかないのでしょう。

私がショボンとしていると、王子様は続けました。

「お前たちだって、舞踏会の昏睡騒動でルナの夢使いの力を見ただろ」

え？　あの場にこのお二人がいらしたとは存じませんでした。あの時は柱の陰に隠れたり、ドレスを脱ぎ捨てたりと忙しくて、周りを見る余裕はありませんでしたから。

すると私の正面に座ってずっと窓の外を見ていたクロードさんが、私と目を合わせておっしゃいました。

「咄嗟の判断で人命を助けたのだからすごい。俺たちは見ているだけで何もできなかった」

え？　拍子抜けするほど素直にお褒めくださいました！　クロードさんは大人っぽくて静かな方ですが、その赤い瞳はよく見ると純粋に輝いています。

ノアさんは不満そうに答えました。

「まあね。僕たちは物理的な攻撃しかできないし。人の精神に介入する能力は確かに珍しいと思うけどさ……」

けどさ、の後は濁《にご》しましたが、おっしゃりたいことはよくわかります。普段、王子様を取り巻く美女たちと私のタイプが違いすぎて、脳が混乱してらっしゃるのですよね？

でも私はぶすくれているノアさんのお顔があまりに可愛らしいのでつい、「ふへへ」とニヤけてしまいました。馬車の中で美形に囲まれて、美男子への耐性がついたのかもしれません！

そうこうするうちに、古物市が開かれている広場に到着しました！

沢山の露店《ろてん》、沢山の人々！　海風が吹く晴天の中で賑わっております！

「うわ〜っ、本だけじゃなくて、いろんなお店が並んでいます！」

馬車を降りてすぐに、私はテンションが上がって大声で叫びました。

アンティークの家具やオリエンタルな陶器、銀細工のアクセサリーなどがずらりと。

でも私の目に入るのはやっぱり、本です！

「うわ、書店があんなに！　うわうわ、東方の書物もこんなに！」

水を得た魚のように跳ねる私をノアさんがドン引きして見ていますが、勢いは止まりません。

私が露店の端から齧りついて覗く横で、王子様はぴったりと隣に寄り添ってくださいます。綺麗な装丁の表紙を手に取って王子様を見上げると、王子様は「うんうん」と優しく頷いてらして。え、なんて素敵な光景ですか⁉　完全に恋人同士のお買い物デートじゃないですか！　信じられないシチュエーションですが、それとは別に私の手は暴走して、本を漁るのが止まりません。あ

れも、これも、と選んで王子様に渡すと、王子様はバケツリレーでクロードさんに渡します。

クロードさんは両手に積み上がる本の山を見上げて、関心なさっています。

「こんなに読むのか……すごいな」

かなり重いはずだけどクロードさんは涼しいお顔なので、荷物持ちはお任せしました！

あっ、と。いけません。

つい夢中で漁ったけど、さすがにこれは買いすぎでは？　海外の本は特に図録や図鑑となると高額ですから、いくら聖女のお給料があるとはいえ、破産してしまいます。

私が急に慎重になって迷いだすと、隣で見守っていらした王子様が信じられないことをおっしゃいました。

「ルナ。好きなだけ本を買っても大丈夫だぞ。夢使いの仕事道具は国費に計上するって王が言ってたからな。必要経費だ」

「えっ⁉　何ですと⁉　こ、こここ」

国費⁉　信じられません。本を好きなだけ買っていいって、それこそ夢のようではないですか！

「マジですか？」

「マジだよ」

タガが外れました。ボカンと。私の「あれもこれも」は勢いづいて、クロードさんの両手に積んだ本は大道芸人みたいな高さになったので、王子様はノアさんにも本を渡しました。

「ちょっ、嘘でしょ？　重っ……」

ノアさんの文句を遮って、私は王子様に蝶々の図鑑を見せました。

「これ！　上巻は宮廷の書庫にあったので、下巻がほしいです！」

王子様は本を受け取ってノアさんに目配せすると、自ら店主に聞きに行ってくださいました。

「ルナ。ノアとクロードと一緒にここにいて」

「はいっ！」

私は引き続き本探しに没頭し、隣にはノアさんが立ちました。私がドサッ、ドサッと重い本をノアさんの両手に載せていったので、ノアさんは顰めっ面です。

「ルナ・マーリン伯爵令嬢。大人しいのかと思ったら、結構ずうずうしい性格なんだな」

「あ、す、すみません！」

「いいけどさ、別に……」

ノアさんは私が開いている本を覗き込みました。

「グレンナイト王国の騎士伝説」

我が王国の建国に纏《まつ》わる伝説です。絵本やら教科書やらいろんな本で書かれているので、国民みんなが知っています。

昔々。戦が絶えなかったこの土地に、神の加護を受けた騎士が現れて、騎士団を率いて混乱した戦を終わりに導き、この平和なグレンナイト王国を建国したという。ありがたいお話です！

「この初代王様となった騎士は幾千もの矢を跳ね除け、空を裂いて見せたとか。まるで超人ですよね！」

私が無双している挿絵を開いて見せると、ノアさんは眉を顰めました。

「フィクションだとでも思ってる？」

「あ、いえ……でも、流石に数千の矢は無理じゃないかなって……」

こういう伝説は大抵、誇張されていると思うのですが、ノアさんは真顔です。

「ねえ。王族が王族たる所以《ゆえん》を理解してる？」

え？　いきなり厳しい質問です。ノアさんは国防を担《にな》う公爵家のご令息ですし、騎士伝説を否定されてお気に障ったのかもしれません。私が「あうあう」していると、ノアさんは呆れた様子で溜息を吐きました。

「あのさ。今は平和な時が続いて戦争なんて昔話に見えるだろうけど、グレンナイト王国が周辺国から侵略されないのは、騎士伝説のおかげなんだよ？」

確かに、空を裂くようなめっちゃ強い騎士がいたら、他国も怖くて喧嘩を売れないです。

「空を裂く剣と、矢を遮る盾。先代の王は戦場で剣盾の力を披露して敵国を撤退させたんだ」

それは教科書にも載っていました。技を見せるだけで撤退って本当に？　と、正直思ってましたが……。

ノアさんは私からお顔を逸らすと、独り言のように呟《つぶや》きました。

「だから僕は信じてるんだ。王の直系の血筋であるアンディなら、きっとやれるって……」

まるで女の子みたいに切ないお声なので、私は思わず励《はげ》ましました。

「だ、大丈夫！　王子様は充分お強いですよ！　だって三強騎士様ですし！」

「その渾名やめてってば！　そういうことじゃなくて……」

そうこう言い合ううちに、王子様がこちらに戻ってまいりました。

「ルナ！　図鑑の下巻があったぞ。店主に木箱の中から探してもらった」

「わ、ほんとですか！」

アンディ王子殿下が私の隣に戻られると、ノアさんは口を噤《つぐ》んで一歩下がりました。

私は王子様の笑顔に見惚れながらも、ノアさんのことを考えました。

ノアさんは文句をおっしゃいつつも、王子様に忠実です。国を想う愛国者である以上に、王子愛がお強くて……。わかります。私も王子様を強く推す者として、ノアさんとは推し同士です！

私が勝手にノアさんに共感していると、露店が並ぶ通りの奥が騒つきました。

人垣でまったく向こうが見えませんが、後ろにいたクロードさんは持っていた本の山をすぐに台に下ろして、露店を出ました。ノアさんもです。「え？」と私は本を持ったまま二人の行動を目で追った瞬間に。古物市の平和を乱す絶叫が上がったのです。

「キャーッ！　泥棒‼」

ど、泥棒です！　悲鳴が次々と上がって、人々は逃げたり立ち止まったりと、露店の道は大混乱になりました。

「王子様、泥棒です！」

私が思わず露店を飛び出そうとすると、王子様が後ろから羽交い締めのように抱き留めました。

「行っちゃダメだ、ルナ！」

あまりにギュッと強い力なので、私は殆ど宙に浮いて止まりました。

「え？　何これ……」

プツン、と。周りの悲鳴や騒めきが小さくなって。海風も消えました。

私は王子様に抱き留められたまま、まるで世界から隔絶されたような不思議な感覚に陥ったのです。

目前の通りでは、群衆の中でナイフを振り回す四人組の強盗と、クロードさんとノアさんが戦っています。あ、お強い。クロードさんは剣も抜かずに強烈な蹴りと体術で相手を地面にのめし、ノアさんは攻撃してくるナイフを軽技のように避けながら、剣の柄で一瞬で相手の顎を突き倒しました。うひゃあ！　鮮やかです！　周囲の群衆も興奮して、私と王子様にぶつかり……いえ、ぶつかりませんでした！

何故なら、私と王子様は透明な壁に囲まれて、安全地帯にいたからです。まるでガラスのような、氷のような。半球のドームで遮断《しゃだん》されて、外の世界から守られているのです。

「あ、あの、王子様？　これは何でしょう⁉　か、壁があります！」

私は困惑して透明な壁をペタペタ触りますが、固くて壊れそうにありません。王子様も私を抱き締めたまま、驚いているご様子です。

クロードさんが泥棒たちを拘束している間に、ノアさんが走ってこちらに戻って来ました。

「アンディ‼」

満開の笑顔で、私と王子様を囲む透明の壁にしがみつきました。

「騎士王の盾だ！　目覚めたんだな、王族の血に！」

ノアさんは喜んで壁を叩いてますが、壊れません。

これが王族が持つ盾の力？　まるで大きなシャボン玉みたいで、想像と違いました！

ふわっ、と透明な壁は解けて、ノアさんは勢いのまま王子様に抱きつきました。王子様はご自分の掌を見つめて呆然としています。

「何で今……いきなり？」

そして私の顔を見下ろしました。

「ルナを守ろうとして……発動した？」

え、本当に？　でも確かに、王子様が私を強く抱き締めた瞬間に、あの透明な盾は現れました。

ノアさんは私に、初めて好意の笑顔を向けてくださいました。

「でかしたぞ！　ルナ・マーリン！」


街のレストランにて。

私と王子様と護衛の一行は古物市を堪能した後、大量の本を馬車に積んでディナーにやって来ました。大人っぽい雰囲気の、素敵な内装。しかも個室です。王子様たちはいつも、こういう所で遊んでらっしゃるのでしょうか。不良です！

テーブルを挟んで正面に座るノアさんとクロードさんは、晴れやかなお顔でジュースの乾杯を繰り返しています。まるで王子様のお誕生日会のように。

「あ〜、めでたい！　アンディの盾の力がとうとう現れた！」

「これで我々の代のグレンナイト王国も安泰だ。アンディはやっぱりすごいな！」

王子様と私は二人のテンションに置いてけぼりのまま。私は王子様を見上げました。

「あの。王子様にあんな能力があるなんて、私は知りませんでした」

「俺だって知らなかったよ。なんせ初めてあんなのが出たんだから……」

「剣は？　空を裂く剣も出るんですか？　伝説の騎士は剣盾を持っていたって！」

興奮する私に、王子様は動揺して否定しました。

「いや、そんなのいきなり出ないだろ」

ノアさんはテーブルに身を乗り出します。

「盾が出たんだから、剣も出るさ！　王と王太子のように！」

え、ビックリです！　あのダンディな父王様と、穏やかなエヴァン王太子殿下も剣盾の力をお持ちとは。

「じゃあ、王子様が成人になられたから、王族の能力が現れたのですね⁉」

私の予想に、ノアさんが答えました。

「成人して能力者になるわけじゃないよ。剣盾の力は王族に遺伝すると言われてるけど、そもそも能力を持たない者もいるし、発動するタイミングも個人によって違うんだって」

王子様は補足するように教えてくださいました。

「兄のエヴァンは幼少の頃に、野良猫がカラスに襲われているのを守ろうとして剣盾が同時に出たらしい。エヴァンが天才児と言われていた理由だ」

「そ、そうなんですね⁉」

あんなお優しく澄んだ瞳の王太子様の、意外な勇ましさに驚きました。というか、猫愛が強すぎませんか？

「それから父である王は十四の時に暴漢に襲われ、己の身を守るために発動した」

「な、なるほど～」

どうやら剣盾の力は自分や他者の危機をきっかけに目覚める力のようです。それでは本当に、私が王子様が覚醒するトリガーになったのですね。私は一人、顔面を熱らせました。え、尊すぎません？

王子様は未だに信じられない、というお顔で呟きました。

「王太子であるエヴァンが王の力を継いだから、俺にはそんな力はないと思っていた。今まで命に危険を感じても何も起きなかったから」

それは夢の中の悪魔のことでしょうか。悪魔の居場所は精神世界でしたから、剣盾の力が及《およ》ばなかったのかもしれません。

王子様は私の手を優しく握りました。

「だけど違った。俺でもルナを守れるんだ。これからも現実の世界では、俺がルナを守るよ」

ズキューン！　なんて凛々しいお言葉でしょうか！　私が「はわわ」と乙女の瞳で感激していると、ノアさんが本音を溢しました。

「アンディがまさかこんなチビ……じゃなくて、子供みたいな子にゾッコンだとは信じられなくてさ」

ええと、チビとおっしゃいましたよね？　悪口が全然オブラートに包めていませんが。

ノアさんは「ごめん」と手を合わせました。

「だけど見せつけられたよ。本気だったんだな」

隣のクロードさんはノアさんにドヤ顔で語りました。

「アンディはいつも試合前に胸に手を当てているだろ？　あれは隠し持っている婚約指輪に剣を捧げているんだ。アンディのルナさんへの熱意はすごいぞ」

思わぬ暴露に王子様は慌ててクロードさんを制しました。

「お前、何をこっそり観察してるんだ！　しかもルナの前で言うなよ！」

真っ赤な王子様。そして茹で蛸の私。ひい、王子様ったら、なんて尊い儀式をしてるんですか！

大人びていて無口なクロードさんは、実は素直な方だとわかりました。お肉を見ても、ケーキを見ても「すごい」って目が輝いてましたもんね。もしかしたら見かけによらず、天然なのかもしれません。

今日一日の街ぶらりデートで、ノアさんとクロードさんの性格がわかって安心しました。どちらもそれぞれ、王子様を大切にされています。そして王子様の新たな力が発現したことで、私めへの熱いお気持ちが伝わって……私はデートで期待していた以上の愛を、王子様からいただいたのでした！

街ぶらデートから宮廷に帰ってからは、クリフさんを始め皆さん大騒ぎになりました。ノアさんとクロードさんの報告を聞いて、アンディ王子殿下の盾の力の開花にお祝いムードとなったのです。お父様であらせられる王様は特にお喜びで、目元がきらりと涙で光ったのを私はそっと目撃しました。なんて幸せな涙でしょうか。

王子様が王族の皆様の引っ張り凧《だこ》になっているうちに、私はサラさんにお風呂に入れてもらって、先に寝室で王子様をお待ちすることにしました。

「お帰りなさいませ！　王子様！」

王子様が寝室に参りました！　皆様から祝福を受けてお疲れのご様子です。

「ルナ。起きてたのか。待たせてしまったな」

キングサイズベッドの上に露店みたいに本を並べている私を、王子様は見下ろしました。

「だって、ワクワクして眠れませんよ！　こんなに本がいっぱいあるし、宮廷はお祭り騒ぎだし！」

「チビッ子は眠る時間だ」

王子様は本をザバーッ、と端に避けました。ああ、イケズでございます！

「はあ」と溜息を吐く王子様のお顔を、私は覗き込みました。なんだか疲れているというより、落ち込んでいるようです。

「王子様？　こんなめでたい日に、何を落ち込んでいるんです？」

「エヴァンが……盾が出たなら剣も出るはずと言って、一緒に宮廷の庭に出て試したんだ。でも剣は出なかった」

「あらら。でも、盾が出たばかりですよ？　そんなに焦らなくても」

王子様は言いにくそうに首を振りました。

「それが……盾も出なかったんだ。あれは咄嗟のまぐれだったのかな？」

「そ、そんなまさか！　今一度、やってみてくださいよ！」

「今ここで？」

私が強く頷くと、王子様は珍しく戸惑っています。ええい、まどろっこしいです！

「きゃあ！　蜘蛛が！」

「え!?」

私が下手な芝居で王子様に飛びつくと、王子様はしっかりと私を抱き締めてくださり……。

フォン！　と。二人の周りに透明の壁ができました！

「あっ！　盾が出ました！　やっぱりまぐれじゃないです！」

「ルナ、蜘蛛だなんて嘘を吐いたのか。確かに盾が構築されている」

王子様は内側から、そっと盾に触れました。

「もしかして、ルナがいないと発動しないのかな？　エヴァンにもそう指摘された」

ひゃあ、そんな萌えちゃう設定ありますｌ？　私は己の興奮を隠して否定しました。

「ま、まさか～。練習すれば自在に操れるようになりますって！　しゃぼん玉みたいに……」

「しゃぼん玉？」

あ、口が滑《すべ》りました！

「えっと、透明でまん丸で、虹色に光ってるので……王子様の盾はしゃぼん玉みたいだなって」

王子様は「ぷっ」と笑いました。

「ルナの目を通すとすべてが夢のようだな」

「はい。二人だけの夢の世界です」

私たちは盾のドームの中で見つめ合いました。外の世界と隔絶されたこの空間はとても静かで、互いの鼓動が聞こえそうなほどに親密です。髪に、頬に優しく触れる王子様の指を感じながら、私は自然と目を閉じました。王子様がくださる口づけは甘くて温かくて。身も心も蕩けてしまいます。

「……好き」

少し長いキスの後。思わず溢れた私の言葉に王子様は赤面して、潤んだバイオレットの瞳を乙女のように輝かせました。はうう、なんて可愛さでしょうか！
アンディ王子殿下の尊い素顔を知るのは、添い寝係の私だけ……。
今夜も王子様とご一緒に、甘い甘い夢を見るのです。

番外編◆私のお姉様

本日は久しぶりに。私、ルナ・マーリンは正家である伯爵家に帰ります。

宮廷に入り浸り状態の私を案じて、アンディ王子殿下が「たまには家族で団欒しておいで」と送り出してくださったのです。

「リフルお姉様に特によろしく」

アンディ王子殿下は苦笑いを隠した王子様スマイルで手を振ってらっしゃいます。

私はリボンで飾られたバカでかい籠を抱えて、ビシッと敬礼しました。

「はい！　行って参ります！」


馬車の座席に籠を置いて。中には大量のシュークリームが入っているそうです。王子様からリフルお姉様への賄賂《わいろ》……いえ、心の籠もったプレゼントです！

目前には側近のクリフさんと、逞しい護衛の方が並んで座っています。お家に帰るだけなのに、なんだか仰々しいですね。

「ルナさんのご両親に王様からのお手紙をお渡しして、私は宮廷に戻りますから。夜になったら馬車でお迎えに上がります」

王様からのお手紙、というパワーワードにビビってしまいます。いったい何が書かれているのでしょう？

馬車はガタゴトと故郷である町に入り、我が家のマーリン伯爵邸が見えてきました。

赤い屋根の。緑の芝生の。そして青い炎の……。

クリフさんは慌てて立ち上がって、馬車の天井に頭をぶつけました。

「えっ、火事!?」

驚くのも無理はありません。我が家のお庭からメラメラと、青い炎が大きく燃え上がっているのですから。私は慌てて否定しました。

「あ、違います！　あれは火事ではないです！」

あの炎のような光は私のお姉様。大聖女であるリフルお姉様の〝朝練〟の様子です。毎朝の日課で、お庭で治癒の力を最大限に発して鍛錬《たんれん》してらっしゃるのです。

お姉様の全身から青いオーラが噴き出し、さながら炎のように燃え滾《たぎ》っておりますが、近所の方々は慣れっこなので、誰も驚きません。

「あらぁ、今日もリフルさんはお元気ねぇ」

と。通りがかりのお婆ちゃんも感心なさっています。

クリフさんは停車した馬車の中から我が家の庭を凝視しながら、ずり落ちた眼鏡を直しました。

「あ、朝練ですか……流石の大聖女様ですね。あんなに強烈な治癒の光は見たことがないです」

「はいっ！　リフルお姉様はお強いので！」

お姉様が誰かに褒められると、私は嬉しくて舞い上がってしまいます。

「ルナー‼」

馬車を降りると、お庭からリフルお姉様が駆け寄ってきました。

普段、学園では毎日顔を合わせていますが、お姉様はまるで数年振りの再会のように、私を抱き締めました。

「お姉様！　今日はお里帰りでございます！」

「嬉しいわ、ルナ！　宮廷でアンディ王子に意地悪はされてない？　まさかセクハラなんてしてないでしょうね？」

「し、してないですよ～」

クリフさんは抱き合う姉妹の後ろから、遠慮がちにバカでかシュークリーム籠を差し出しました。

「おはようございます、リフル様。こちらアンディ王子殿下から、朝練の差し入れです……」

「まあ！　ありがとうございます！」

お姉様は途端に淑女に戻って、笑顔で籠を受け取りました。

お父様とお母様もお家から出て来ました。

「これはこれは、クリフォード・ランス卿！」

室内に案内されるクリフさんを、私は慌てて追いかけました。

クリフさんはリビングに入ると、隅に置かれた水槽に注目しています。

怪訝なお顔をされているので、私は先手を打って紹介しました。

「あ、いちごちゃんといいます。金魚ですよ」

「金魚の……苺さんですか？」

「東方の観賞用のお魚らしいです。以前、お父様が貿易商の方からいただいて。家に来た時にはもう死にそうだったのですが、お姉様が治癒したら元気になったのです！　ちょっと大きくなりすぎちゃいましたが……」

「な、なるほど。治癒の力は魚にも効くんですね」

そうなんです。リフルお姉様は人間だけじゃなくて、動物や魚の治療もできるのです。私はもっとお姉様の自慢がしたくて、庭にいる陸亀も紹介しようとしましたが、我に返りました。あんなに巨大な亀を見せたら、クリフさんが腰を抜かしてしまいます。

いけません。我が家にいるとうっかり気を許して、マーリン家の奇妙な日常を宮廷の方に曝《さら》け出してしまいます。

「ご、ごゆっくり……」

私はお姉様に連れられて、親密なお話をするクリフさんと両親をリビングに残してお庭に出ました。王様からのお手紙の内容が気になるし、お父様とお母様がクリフさんに粗相をしないか心配ですが……。

「ねえルナ！　シュークリームが二十個も入っていたわ！」

お姉様はお庭のテーブルにバカでかい籠を置いて、中を見せてくれました。ふわふわ柔らかなシュークリームにはピンクや黄色のシュガーがかかっていて、乙女チックな雲みたいです！　流石、宮廷シェフのバートさん。ただのシュークリームではありませんでした。

お姉様はたまらず両手に取ると、大きなお口で右、左、とかぶりつきました。

「んんん、ヘーゼルナッツのチョコクリームに、ストロベリー味の生クリーム！」

王子様の作戦は成功です！　お姉様は満面の笑みになりました。

私は手に持っていた袋から本を出して、お姉様にお土産を渡しました。

「先日、古物市の本屋さんで見つけたんですよ。お姉様が探してらしたので」

「まあ、解剖学《かいぼうがく》の図録！　しかも、脳みそじゃない！」

不穏な書物ですが、これはお姉様の治癒の力に必要不可欠な資料なのです。お姉様は真剣な眼で図録をザッと見て、「ふむ」と鼻息を荒くしました。

「人体の解剖図は数あれど、脳を図説した資料はなかなか手に入らないの。治癒を施すには人体を理解して、血管や神経がどこにあるのか術者が熟知していないと」

お姉様は本を閉じて、サファイアの青い瞳を凛とさせました。

「ルナ、ありがとう。また一歩、完全に近づいたわ」

お姉様はいつも、「完全な治癒」と口にされます。できない、わからない、が許されない治癒だそうです。治癒の力を持つ者はその立場上、助からない者をお見送りすることも少なくなく。お姉様の厳しすぎるご自身への戒めは、想像を絶する経験から生まれたのでしょう。

いつものことながら、私はお姉様への尊敬の念で震えました。なんて立派で格好いいお姉様。怠け者で後ろ向きの私の性格とは、正反対です。

そうこうしているうちに、玄関で両親が挨拶している声が聞こえました。

あ、クリフさんが宮廷にお帰りになるようですが……。

「げっ！」

庭にいたはずの陸亀が、玄関に向かっています！　人懐こい亀なので！

ダメです、ダメです。あんなに大きな姿を晒《さら》しては。私はダッシュで陸亀のもとに行くと、全身で甲羅《こうら》を押し込み、茂みに亀を隠しました。

その時です。一羽の白い鳥が颯爽と空からやって来て、お庭にいるお姉様の肩に止まったのです。あっ、あれは教会の伝書鳩です！　脚に書簡《しょかん》を括りつけて、緊急のお知らせをお姉様にお伝えするのです。

案の定、書簡を開いて読んだお姉様は血相を変えました。どうやら急病人や怪我人が出て、教会にいる聖女たちの手に負えない重症者がいるようです。

「クリフォードさん！　教会に向かってください！」

お姉様が宮廷の馬車に乗り込んだので、クリフさんと私も慌てて後を追いました。心配顔の両親を残して挨拶もそこそこに、馬車はリフルお姉様に従って発進しました。

「お、お姉様⁉　いったい何がありました⁉」

馬車の中で。リフルお姉様は珍しく蒼白なお顔で狼狽えて、教会からの書簡を握りしめています。

「落馬事故よ。脊椎を怪我して重傷らしいの。騎士団の任務中の事故だって……」

大変です。落馬は命に関わる事故なので。私は思わず持ってきてしまったシュークリームの籠を強く抱えました。こういうことは今までも何度かあって、家族でご飯中やおやすみの時間でもお構いなしに、急患の知らせが来るのです。でも……。

「ああ、どうしよう。大変な怪我だわ」

リフルお姉様がこんなに動揺しているのは初めてです。いつでも冷静なお姉様なのに。

「お、お姉様？　お姉様なら治癒できますよ！」

お姉様の固く握る手から青い光が揺らめきだしたので、前席に座るクリフさんと護衛の方は仰け反りました。私がお姉様の手を握ると、お姉様は涙ぐんで両手で握り返しました。

「だって、もしもギディオン騎士団長だったら、どうしたらいいの⁉」

え？　私の脳裏に、あの舞踏会でお会いした、マッチョな騎士団長が浮かびました。

「て、手紙にそう書いてあるのですか？」

「いいえ。患者の名前は書いてないわ。でも騎士団の事故なら、ギディオン様かもしれないじゃない！」

お姉様の潤んだ瞳は美しく。ああ、やはりお姉様は恋をしてらっしゃるのですね？　これまでどんな縁談にも興味を示さなかったリフルお姉様がついに、ギディオン騎士団長と恋に落ちたのです！

乙女心を通じ合わせる姉妹の感動的な場面ですが、お姉様の動揺は治癒の力を暴走させ、馬車内が青色に満ちてきたので、私はあえて毅然としました。

「お姉様。患者が騎士団長であろうと、なかろうとも。大聖女であるお姉様のなさることはただ一つでございます」

私の厳しい口調に、お姉様はハッとしました。

「そうだわ……完全なる治癒を施す。神のご加護を授かった大聖女として」

お姉様の瞳は煌々《こうこう》と蘇《よみがえ》り、お姉様の全身から漏れ出ていた光は収束しました。その豹変《ひょうへん》ぶりに気圧されて、車内は全員が緊張したまま、教会に向かったのでした。

教会に到着してからのリフルお姉様は、圧倒的でした。

無駄のない指示に、高い集中力。凄惨《せいさん》な状況にも動じない鋼の心。

結局、患者はギディオン騎士団長ではありませんでした。騎士団に入団したての若い男の子です。でもきっと、ギディオン騎士団長だったとしても、今のお姉様なら同じ力を発揮できたでしょう。

患者の背中に全力で治癒の光を照らすお姉様の周りには、シスターや見習い聖女の方々が補佐していいます。あのバカでか籠のシュークリームを、お姉様のお口に次々と突っ込みながら。お姉様の治癒の力には、大量のスイーツがエネルギーとして必要なのです。

治癒の現場から少し離れた柱の陰で私がひっそり佇んでいると、隣にハンカチで口を押さえたクリフさんがいらっしゃいました。私と同じように、血が苦手なようです。

「いやはや……ルナさんのお姉様は豪胆なお方ですね」

「はい！　リフルお姉様は最強の大聖女なので！」

私が胸を張って自慢すると、背後から大きな声が聞こえました。

「怪我の状態はどうだ！　新入りは無事か⁉」

ギディオン騎士団長が事故の報告を聞いて、教会に駆けつけました。

「あっ、リフル様⁉」

騎士団長は颯爽と登場したものの、リフルお姉様を見つけた途端に脚がもつれ。ガシャーン！とバケツに足を突っ込んで派手に転びましたが、集中しているお姉様はこちらに気づいていません。

いつもは勇ましい騎士団長も、恋するお姉様の前ではテンパるのですね。二人は似た者同士のようです！

そんなこんなで。

「まだ治療は必要ですが、新米騎士さんの怪我は完治できるそうです！」

ここは宮廷のバルコニーです。眠る前にアンディ王子殿下に今日一日の出来事を報告していま
す。二人で欄干に寄り掛かって、お月見をしながら。

「ルナのお姉様は頼もしくて漢《おとこ》らしいな」

「はいっ！　お姉様は格好いいので！」

私の報告を王子様は一つずつ丁寧に聞いてくださいますが……。

「えっと、王子様？」

王子様は私をギュッと後ろから抱き締めたまま。王子様の温度が伝わります。

なんだかいつもより甘えん坊みたいで、ドキドキしてしまいます。

「今日はルナがずっといなかったから、ルナが足りなくなった」

王子様の言葉に私は吹き出しました。

「私が足らないって、栄養不足ってことですか？」

「そうだよ。俺はルナ中毒だから」

言いながら私の頭にチュッチュッとキスをくださるので、私は真っ赤になりました。

「俺はルナの全部を知りたいのに、ルナは俺に隠していただろ？」

「え？　なにをです？」

「金魚の苺ちゃんと、巨大亀の存在を」

「!?」

なんと。あの後私が実家に戻って家族と夕食している間に、クリフさんは王子様に我が家の珍事を全部報告していたようです！　何と抜け目のない側近でしょうか！　しかも茂みに押し込んだ陸亀までバレているとは……。

「あ、あれは違うのですよ！　先日ご挨拶にいらした時には、王子様が驚かれないように隠していたのです！　今日はつい、油断してしまって……」

「クリフばっかりずるいぞ。俺にも今度見せてくれ」

「い、いいですけどぉ」

王子様のハグが情熱的なので、私は照れて話題を逸らしました。

「あの、王様からのお手紙ってなんだったんでしょう？」

「ああ。発表会の打診《だしん》だろ」

「発表会??」

「王族とルナの家族と錚々たる貴族を集めて、婚約発表をするんだ。ルナのお披露目会だよ」

「ぴえー！」

なんたる仰々しい会！　そんな会が画策されているなんて！

私が「あわわ」と動揺する顔を、王子様は笑っています。あ、愉しんでいますね？

月明かりに照らされた意地悪な王子様は、なんとも色っぽいです。

星空の下でおやすみのキスをしたら。
夜更《よふ》かしせずに、ふかふかのベッドに入りましょう。
今夜もまた、二人は夢で会えるのですから。

「おやすみなさい、王子様」

【あとがき】～明晰夢について～

「て……天国の雲……！」

コリンナさんはほっぺを膨らませたまま、瞳を輝かせました。

ふふふ。想像通りの反応です！

私はコリンナさんにバートさんお手製のメレンゲのお菓子を食べてほしくて、お昼時間に学園の裏庭にお誘いしたのです。

「はぁ……流石の宮廷シェフでございますね……！」

うっとりするコリンナさんに、私もご満悦です。お友達と一緒にごはんを食べて、おやつタイムまで楽しめるなんて。ずっと憧れていた、朗《ほが》らかな学園生活。青春でございます！

コリンナさんはメレンゲを食べながら、周囲を見回しました。

「ここは誰もいなくて落ち着きますね……。あの、せっかく二人きりなので、ルナさんにお聞きしたいことがあるのですが」

「おや。何でしょう？」

「その……夢使いの聖女は、好きな夢を見られるのですよね？」

「はい。明晰夢のことですね？」

「明晰夢とは……いったい？」

「夢を自分の好きなようにコントロールして、展開できることですよ。私の場合は眠る前に妄想した内容がそのまま夢になります」

私が説明すると、コリンナさんは「ほえ～っ」と感心しました。

「夢使いってすごい能力なんですね！」

「いえいえ、コリンナさん。明晰夢というのは、訓練すれば誰でもできるようになりますよ？」

「えっ、本当ですか……!?」

「はい。眠った後に夢を見たら、〝これは夢だ〟って夢の中で自覚するのです」

コリンナさんはキョトンとしました。

「えっ……？　それだけ？」

「もちろん、一回ではうまくいかないと思いますが、あきらめずに何度もやってみるんです。それこそ、二度寝、三度寝して」

「ほほう……」

コリンナさんは企むようなお顔をなさいました。どうやら明晰夢に興味があるようです。私は幼い頃から培《やしな》った明晰夢について、さらに説明しました。

「最初は夢だと気づけなくて悪夢に翻弄《ほんろう》されたり、意味のわからない夢を見たり。だけど〝夢だ〟と気づけた時は明晰夢のチャンスです！　自分は空を飛べると信じれば、本当に空が飛べるのです」

「え～っ……そんな簡単に？」

「だって夢ですから。空も飛べるし、好きな場所に行けるし、したい格好だってできるのです」

コリンナさんはゴクリと喉を鳴らしました。

「じゃあ……明晰夢を習得したら、一晩中、何時間も好きな夢が見られるのですね？」

私は「あはは」と笑って首を振りました。

「いえいえ。睡眠には浅い眠りと深い眠りがあって、それを波のように繰り返すのだそうです。睡眠を研究した書物によると、夢というのは浅い眠りの時に見ることが多く、それは短い時間の連続なのですよ」

「じゃあ、明晰夢ってわりと短いのですね……」

「はい。だって、疲れを癒すための睡眠ですから、何時間も明晰夢を見ていたら疲れてしまいます」

「確かに……」

「私は浅い睡眠時に見た明晰夢を、次の波で続きを再開したり、また別の明晰夢を見たりするのです」

「え、えええ、すごい……！　やりたい放題！」

コリンナさんは興奮して立ち上がりました。

「これも訓練を重ねてできるようになりましたが、慣れれば誰でもできますよ」

「わ、私、訓練したいです！　明晰夢を見たいです！」

コリンナさんの力強い宣言に、私はちょっと心配になりました。随分と力が入っているようなので。

「あの。コリンナさん？　明晰夢は誰でも見られるとはいえ、あまり一生懸命になると弊害《へいがい》もあるというか……」

コリンナさんは急に不安顔になって、座り直しました。

「ど……どんな害があるのですか？」

「二度寝、三度寝とするうちに寝過ぎたり、睡眠中に何度も覚醒して寝不足になったり。はたまた、夢のことばかり考えて現実と夢がゴッチャになると厄介《やっかい》ですね」

「ひえっ、それは困りますね……」

「だから気長に、一つだけ好きな夢が見られたらいいな、って気持ちでチャレンジするといいです」

コリンナさんは勢いを落ち着かせて「なるほど」と頷きました。そしてウズウズしたお顔になると、さらに質問を続けました。

「あの……ルナさんはアンディ王子殿下と、どのような夢を見てらっしゃるのですか？」

私は飲んでいたお茶を「ぶほっ」と咳き込みました。

「そ、それは、夢使いの聖女の守秘義務ですので！　秘密ですよ！」

コリンナさんはペロリと舌を出しました。

「すみません……どのようなラブラブな夢なのかと気になって……」

「ラ、ラブラブって……」

私は王子様といつも一緒に見る甘い夢を思い出して、いやらしくニヤけてしまいました。

コリンナさんは「はあ～」と溜息を吐きました。

「それにしても、素人の私が明晰夢が見られるようになるには、随分と時間がかかりそうですね……」

「あの。コリンナさんはどんな夢を見たいのですか？」

私の質問に、コリンナさんは頬を染めました。

「そ、それは……お恥ずかしい内容で……いくらお友達のルナさんでも、言えません……」

お友達のルナさん、という言葉に私はグッと気分が上がりました！　コリンナさんは私をお友達と認めてくださるのですね？　私は嬉しさのあまり、前のめりになりました。

「コリンナさん。夢使いの聖女の力とは、明晰夢で好き放題するだけじゃないですよ？」

「え……？」

「好きな夢を、手を繋いだ相手と一緒に見ることができますから」

コリンナさんはハッとしました。

「そっか……アンディ王子殿下と同じ夢を見てらっしゃるのですものね？」

私が手を差し出すと、コリンナさんはさらに目を見開きました。

「え、まさか……」

「午後の授業まで十五分ありますから、一緒にお昼寝しましょうか」

「え、ええー!?　夢使いの貴重な力を、私なんかに使って良いのですか!?」

「だって、コリンナさんはお友達じゃないですか」

私の言葉に、コリンナさんは満面の笑みを輝かせました。


学園の裏庭の。暖かな芝生の上で。

私とコリンナさんは、手を繋いで仰向けになりました。

恥ずかしくて言えない、とおっしゃっていたコリンナさんの見たい夢ですが、夢を共有するなら聞かねばなりません。コリンナさんは赤面しながら教えてくださいました。

「その……私の父が昔、私にプレゼントしてくれた本なのですが……」

はい。コリンナさんのお父様といえば、選書に癖がある司書のコナーさんです。

「筋肉隆々の主人公が、棍棒《こんぼう》を使って山賊《さんぞく》どもを打ちのめすのです。一振りで山が吹き飛ぶほど強いヒーローで……」

へっ？　なんだか想像していた内容と違いました。コリンナさんのことだから、三強騎士様とかおっしゃるかと思ったら……。

「それで私……一度でいいから、マッチョな大男になって活躍してみたくて……」

ぐっ、いけません。私はせり上がる笑いを必死で堪えました。人の見たい夢を笑ってはいけません！　夢使いの、名にかけて！

「な、なるほど～、マッチョなコリンナさんですか」

「いえ、完全なる大男でお願いします」

コリンナさんのお強いリクエストに、私はこだわりを感じて何だか嬉しくなりました。

「わかりました。今日はひとまず、大男になって棍棒を振り回しましょう」

コリンナさんは仰向けのまま、笑顔でこちらを向きました。

「あの、それで、ルナさんには小さなお猿さんを演じてほしくて……」

「へっ？」

「大男の相棒は小さなお猿さんなのです……すばしこくって可愛いけど、これまた強いのです」

私の中でイメージが増幅して、物語の世界が広がっていきました。コナーさんが選ぶ本ですから、よほど面白いのでしょうね。

「コリンナさん。今度その本を貸してくださいませんか。私も読みたいです」

「ええ、もちろん……！」

私とコリンナさんは微笑みあいました。

お友達と夢を。物語を共有する。なんて素敵なんでしょう。

私は残り少ないお昼時間を大切に使うために、コリンナさんの意識を引っ張りながら、速攻で寝落ちしました。


「ふごっ……」

それで、コリンナさんがどのような大男になり、私がどんなお猿さんになったかって？

それは秘密です。
だって、夢使いの聖女の、守秘義務ですから！

本書に対するご意見、ご感想をお寄せください。

あて先

〒162-8540 東京都新宿区東五軒町3-28
双葉社　Mノベルスｆ編集部
「石丸める先生」係／「しょうじ先生」係
もしくは monster@futabasha.co.jp まで

ノベルス

夢《ゆめ》見《み》る聖女《せいじょ》は王子様《おうじさま》の添《そ》い寝係《ねがかり》に選《えら》ばれました

2025年2月11日　第1刷発行

著　者　石丸《いしまる》める

発行者　島野浩二

発行所　株式会社双葉社
〒162-8540　東京都新宿区東五軒町3番28号
[電話] 03-5261-4818(営業)　03-5261-4851(編集)
https://www.futabasha.co.jp/ (双葉社の書籍・コミック・ムックが買えます)

印刷・製本所　三晃印刷株式会社

[電話] 03-5261-4822(製作部)
ISBN 978-4575-24796-1 C0093